我永远不会忘记，灿烂一瞬间的你

[日] 冬野夜空 著

赵鹤 译

Yozora Fuyuno

北京联合出版公司
Beijing United Publishing Co.,Ltd.

图书在版编目（CIP）数据

我永远不会忘记，灿烂一瞬间的你 /（日）冬野夜空
著；赵鹤译 . -- 北京：北京联合出版公司，2025. 7.（2025.9 重印）

ISBN 978-7-5596-8150-8

Ⅰ . I313.45

中国国家版本馆 CIP 数据核字第 2024ZD5459 号

著作权合同登记 图字 :01-2024-6584 号

ISSHUN WO IKIRU KIMI WO BOKU WA EIEN NI WASURE NAI
Copyright © Yozora Fuyuno 2020
Chinese translation rights in simplifies characters arranged with
Starts Publishing Corporation
through SB Creative Corp., Tokyo and Japan UNl Agency, Inc., Tokyo.

我永远不会忘记，灿烂一瞬间的你

作　　者：［日］冬野夜空
译　　者：赵　鹤
出 品 人：赵红仕
责任编辑：肖　桓

北京联合出版公司出版
（北京市西城区德外大街83号楼9层　100088）
三河市嘉科万达彩色印刷有限公司　新华书店经销
字数：146千字　880毫米×1230毫米　1/32　印张：7.5
2025年7月第1版　　2025年9月第2次印刷
ISBN 978-7-5596-8150-8
定价：45.00元

在那个雨中七夕，我遇见了织女。

序章 001

第一章 004

第二章 035

第三章 077

第四章 102

第五章 149

第六章 169

第七章 192

第八章 209

尾声 226

后记 231

目录

我永远不会忘记，灿烂一瞬间的你。

序章

"织女星"

翻开一本肖像摄影比赛杂志，在特别刊载栏目中，我发现了一张不一样的照片。

与栏目中刊登的其他漂亮而技巧精湛的肖像不同，这张照片以夏夜闪耀的一等星为题。然而，照片里没有星星的踪影，只有一位在房间里面望向镜头的少女，身后是一片夕阳。

与其他作品相比，它太过稚嫩拙劣。被拍摄的少女已然失焦模糊，窗外的夕阳也有些过曝。

可以说，这张照片毫无拍摄技术。一般来讲，应该登不上摄影比赛杂志。

不过，回过神来，我已经沉浸在这张照片中。

照片中的少女拼命笑着，毫不在意流下的泪水，就像在努力咀嚼着自己的幸福。

多年来，我见过、品味过无数照片。即便如此，我也从未见过能像这样精准把握摄影本质的照片。

拍摄者一定是不想错过少女的这个表情，慌忙按下快门的吧。若非如此，照片不会如此失焦。摄影这项活动，本应在沉静的环境下集中精神进行。

正因如此，在为拍摄对象"抓住最闪耀的一瞬"上，这张照片比其他所有作品都更出色。

为了抓拍到这样的瞬间，不断观察着少女的拍摄者，与在同龄人中不太起眼、笑容含蓄的少女，这张照片中，一定藏着什么深刻意义。

他们在摄影现场聊了些什么呢？拍下这张照片前，经过了怎样的过程呢？我无法不去思考这些问题。

这些思绪在我脑中始终挥之不去。于是，我通过杂志的编辑部，尝试与拍摄者取得联系。

——拍摄者，似乎是个十七岁的男高中生。

令人惊讶，高中生竟然能拍出如此精彩的照片？我上高中时，明明只能拍出浮于表面美感的照片。

利用自己摄影师的身份，我成功地从拍摄者那里听到了整个故事。

他欣然接听了我的电话，愉快地讲述了大约两个月的时间里，他与那名少女的点点滴滴。

然后，他以一句话作结。

"我不会再拿起相机了。"

第
一
章

　　"星星的光芒，可是来自很久很久以前的。在我看来，这样的光都是有感情的。你看，这颗一等星在笑着呢。"

　　学校的天台，是校内少数几个禁止踏足的地方，同班同学绫部香织却特地把我叫到这里。我刚打开门，她就说出了这样一番话。

　　她没有瞥我一眼，视线始终向着夜空。

　　我也学着她的样子抬起头，眼前却只有一片橘色与群青交织、日渐西沉的暮色天空。

　　"我好像没看见什么笑着的海狗①。"

---

　　① "海狗"与"一等星"在日文中发音相似

听我说完，她愣了一下叹了口气，视线依然停在空中，嘴上也在反驳。

"才不是海狗，是一等星。或许真的有海狗星座，但我说的是星星。"

"星星在笑着？"

"嗯，是的。它刚才在大爆笑，一定是看了昨天播出的《搞笑之神》。我看了这个节目都笑到不行，肚子都笑抽筋了。"

我想起了昨天播出的搞笑节目。不知怎的，和她看了同一个节目让我觉得没什么意思，就随便转移了话题。

"所以呢？为什么把我叫到这种地方来？天台是不让学生上来的吧？"

"嘻嘻嘻，只有我没有这个限制。"

她摆出了一个自信满满的笑容，手指也一下一下地打着圈。在她的动作之中，我看到有什么东西在发光。

"那是，钥匙？"

"我是天文部的部员，所以是唯一被允许上天台的人，很棒吧。像现在这样观察星星，就是我的社团活动。"

"这样啊。那我打扰你的活动了，我这就走。"

我立刻转身，她慌忙把我叫住。

"等等等，等一下！你应该有话要对我说吧！"

这说辞真是不可思议。明明是她把我叫来的，居然问我是不是有话要说。

"难道不是你有事找我吗？不厌其烦地叫我过来。"

"哎呀，倒也确实是这样啦！"

她对此表示肯定，又扬起嘴角继续说。

"但你要是现在就这么回去了，你的处境就会很危险了。我的嘴可不严，'前不久那件事'，我可能会说漏嘴呀。你应该有事要对我讲清楚吧？"

"什么……行吧。我觉得好冤枉，但还是听你说说吧。所以呢？"

虽然我看着装模作样，但我知道她想说什么。

我的兴趣是带着相机到处拍照，曾在未经允许的情况下私自拍摄了她。她要说的，一定是这件事吧。

的确，如果她在学校里到处说我是"偷拍狂魔"的话，我就很难在学校待下去了。我必须澄清这件事。

"你偷拍了我。未经允许就拍下少女的哀愁之姿，可谓大罪。我可以赦免你的罪行，不过相对地，你有义务答应我一个要求。"

她像个判官一样，大张旗鼓地谴责我的冤罪。

"原来如此。如果这毫无根据、令人不快的肆意诽谤能一笔勾销，我也不是不能答应你。"

无奈之下，我只能配合她的想法。如果现在惹她不快，那么"我是偷拍狂魔"的恶意谎言就可能会蔓延开来。在事态继续恶化之前，我必须把苗头掐掉。

"什么，你这么快就答应我了？"

她的表情"咯噔"一下变了，语气出乎意料。

"如果你答应我不去传播什么奇怪的谎言，我也能听一下你的要求。不过我答不答应，就看你的要求是什么了。"

"原来是这样啊。我猜你可能会不愿意，还有点惊讶呢。"

听她这么说，我在心里叹了口气，催她继续说下去。

"所以，我得为你做什么才行？我怎么样才能保住我自己的名声？"

"你这话说的，真是让人讨厌。怪不得你交不到朋友。"

"你的说话方式才叫人讨厌。"

"啊，还真是。对不起，对不起。"

她笑着说道，完全没有反省的样子。

"所以呢？我还想早点去参加社团活动呢，希望你长话短说。"

"是吗，原来你还有社团活动啊，听说是摄影部来着？"

"是，但这不重要，有话快说。"

看她明显要拖延时间的态度，我渐渐烦躁起来，而她却和我相反。

"怎么说呢？突然要说出来还有点不好意思……"

"哎嘿嘿"，她低下头羞涩地笑着。

"不好意思？"

完全想不到这是平常总在教室里吵吵闹闹的她。她到底想让我为她做什么？我实在无法想象。

"那个。"

"嗯。"

"拍我。"

"嗯？"

"我说，我想让你给我拍照片。像是当模特之类的，我一直想报名这种比赛，所以想让你做我的摄影师。"

她一口气说完后，再次把目光移开。她脸红了，一定不是夕阳映照的原因。

"这样啊。"

"啊，你现在一定觉得我不适合当模特吧！"

"嗯。"

我不由得点头。

她身上确实有些亮点，杏眼又大又亮，鼻梁又高又直。在我印象里，她笑起来娇俏可爱，在班级里很受欢迎。

我一直以为她对模特这种光鲜亮丽的工作没有兴趣，所以有点意外。不过我一直以来和她都没有什么交集，这也不过是我的个人看法而已。

"真是没礼貌！"

"就算说谎也没用啊。"

"算了吧，我也觉得自己不适合。那么，我们的交易成立了？"

"好啊，要是不嫌弃我差劲的拍摄技术，当然可以。反正我几乎没拍过人像，这对我来说也是个练习的好机会。"

模特的素质也不差。这对于不擅长拍摄人像的我来说，可谓求之不得。我告诉自己，这样的机会可不多见。

"太好了。我还在想万一你拒绝了该怎么办呢。嗯，太好了，太好了！"

她好像对我的回答很满意，高兴得连连点头。每次点头，她漂亮的齐肩黑发也随之飘动。

"那么接下来，就请多关照了。互相叫'你'感觉怪怪的，我们都做个自我介绍吧。"

"不用这么麻烦，我知道你的名字。你这么受欢迎，肯定知道班里每个同学的名字吧。"

"要是知道我的名字，就别一直叫'你'了。不过确实，我也知道你的名字，是叫天野辉彦吧？但我也很意外，还以为你不认识我。说起来，天野同学看起来对同班同学没什么兴趣呢。"

"你这话说得真没礼貌，但你想得没错。我在班上只是不想和那些聒噪的同学扯上关系，才记住了他们的名字。"

我的语气中带了些讽刺。她听完后，愉快地笑了起来。

"哈哈哈……所以我的名字才会被你知道。不过遗憾的是，我们还是扯上关系了啊。"

"真是太遗憾了。所以，请你在我面前尽量安静一点。"

"这可由不得你，哈哈哈……"

她好像很开心，笑得前仰后合。

如果可以的话，我不想与吵闹的人扯上任何关系。因为我理解不了，到底是什么能让他们一直笑嘻嘻的。她也是这样，到底什么东西能那么有意思，我完全搞不懂。

不过，看到她笑起来的样子，不知为何，我也忍不住想跟着笑。不禁想到，要是我能像她那样笑，也许日子也能过得更快乐一点。

"那么今后就多多关照啦，天野辉彦同学。"

"彼此彼此，绫部薰同学。"

"喂！你记错了吧！我的名字叫绫部香织，你根本就没记住吧！"

就算是被故意搞错名字，她也只是笑着抱怨，也许她是那种名字被记错了也能保持乐观的人。

"哎呀哎呀，真是太过意不去了。"

看我故意摆出低头道歉的样子，她又哈哈大笑了起来。

打开手机看了眼时间，发现社团活动早就开始了，都进行到一半了。我彻彻底底迟到了。

"我得走了。"

"谢谢你陪我！社团活动加油哟！"

"再见。"

我背对着她，知道她在向我挥手，但还是毫不犹豫地走向天台大门。然而，我打开门的时候，她好像算准了时机一样再次开口。她貌似不是要跟我搭话，更像是单方面地喊话。

"下个周日的下午一点，在离学校最近的车站前集合。"

她的话中完全没有考虑到我的日程。对此我甚至都不想抱怨，装作没听到，关上了门。她一开始也没打算征求过我的同意吧。我越来越觉得，她是个非常自我的人。

透过走廊窗户看到的天空，与先前相比，群青色的比例比橙色更多了些，能看到星星散发出的微弱星光。

对了，她说星星笑了，可能是对星光闪烁的比喻吧。但这个比喻也很适合情绪波动强烈的她。

她作为一名星体观测者，通过望远镜看到映在其中的天体，也可以说是摄影师的一员。她不会按下快门，却能读出星星的表情。与我通过取景器来观察景色相比，她也许会捕捉到更加丰富的感情。

想到这里，我又开始好奇，她当模特时又会有怎样的表情。

……周日的这个约定，去赴约也未尝不可。这个想法渐渐在我心中萌生出来。

因为我们是摄影师与模特的关系。

***

也许这一切，都是我那天的一时兴起导致的。

"辉彦能主动来参加活动真少见。明天不是也会放烟花吗？"

"行了，我现在就要去看烟花，就算下雨也去。"

我独一无二的朋友、从小玩到大的有田垒，听到我的提议眼睛瞬间睁大，一脸感兴趣又很惊讶的样子。虽然我俩班级和社团活动都不一样，但阿垒总是和我一起行动。听我这么说，他还是非常意外。

没有什么理由，没受到什么命运的指引，也没有什么坚定的意志。

我不擅长应付喧闹的场面，一直尽量避免去人多的地方活动。而这样的我竟然说出"去看雨中的烟花吧"，不是一时兴起还能是什么呢？

七月七日，七夕当天在赛马场举办烟花大会。据说场内没有商贩摆摊，从赛马场的观众席就能近距离看到烟花。因此，听到下雨天烟花照放的"情报"，我迅速想到，这可能是难得拍到的景色。

离开人潮汹涌的观众席，我寻找着空旷一点的空间。最终，我来到了平时马匹奔跑的赛道内。这里似乎在烟花大会时会对外开放。

这里不能遮风挡雨，没什么人，对我来说正是绝佳的烟花观赏地点。

我努力避开脚下的泥泞，寻找合适地点时，突然传来一声直击心脏的巨大爆破声。

那是在大家倒计时最后之际发出的，第一发烟花。

不过，可能我还不够高，也可能是周围人都没注意到还有别人，我眼前全是杂乱高举着的雨伞，遮住了大片烟花。

而那位对身高很有自信的朋友，抛下我去室内买饮料了，我只能"自力更生"。

我左手打着雨伞，右手拿着相机，为了找到绝佳机位，小心翼翼地行动着。

"好想快点拍到"，在扣人心弦的烟花爆炸声中，我在人海中穿梭。某个瞬间，我停下了脚步。

"……"

那个身影映入眼帘时，我不由得屏住呼吸。

还没回过神来，就举起了相机。

观察取景框，聚焦，明确拍摄对象。

我一点都没觉得有罪。我只是作为一名摄影师，用相机把想留住的光景留住而已。

我只是觉得，这一幕真的很美。

雨滴与镜头的失焦，让取景器中的世界变得朦胧。然而，只有一位穿着浴衣的女子清晰可见。

烟花映照在女子手中的透明塑料雨伞上，如同手持和伞般美丽。女子正仰望烟花，端正的侧脸带着些许悲伤。只是站在那里，她的身姿就已经成了一件艺术作品。

说起来，女子不过是打着透明雨伞仰望烟花而已。尽管事实如此，这幅光景却让我停下脚步，夺走了我的视线和心。带着悲伤的侧颜与朦胧之中的烟花，让我心动不已。

这就是我所求的画。我想从拿起相机到按下快门，一秒都不需要。

然而，我却没能按下快门。

"喂！"

拍摄对象大喊着朝我走过来。

与此同时，我意识到了自己的罪过，尽管是"犯罪未遂"。

"偷拍好像是犯法的吧？"

朝我走来的女子是我认识的人，是学校里的同班同学。

第二天早上，我在教室里被她堵住了。

——你要是有什么要解释的，放学后就来天台说吧。

这是一段回想起来都觉得很烦的痛苦记忆，很想略过，又毫无办法。

直到她所说的放学后到来前，我在班里给人留下的都是非常安静的印象。平时总是被人簇拥着、受同学们欢迎的她此刻却来缠着我说话，令班上同学都疑惑起来。

而她依旧洒脱奔放，不对周围的疑惑和我的诉求做出任何回应。其结果就是，我只能答应她"放学后一定去天台"，半被强迫地与她达成了约定。在这以后，班上才渐渐恢复平静。

那也许是我人生中最受瞩目的一天。我只想低调上学，实在是不想受人瞩目。然而，在那之后，她也会若无其事地找我说话，让我在校内遭受无数道好奇视线的洗礼。我甚至不太想回忆起那几天。

不能一时兴起随意行动。要行动的话也得保持被动，不能主动出击。

这就是我得到的教训。

***

那天，如果我没有做出那样的行为，应该就不用在车站前苦等迟到 30 分钟的同学了。

带着的水壶里，水已经喝掉了一半，让我意识到夏天来了。

我在柏油马路上等了 30 分钟，全身大汗淋漓，需要补充失去的水分。何况这还是雨后的大晴天，天气更炎热了。

当时我并没有完全答应她的要求，我也可以选择不来，即便如此，我还是按她指定的时间地点来了。如果我没来，她可能还会用奇怪的理由缠着我，得不偿失。

然而，我深切明白了自己考虑不周。

对人来说，遵守约定天经地义。对我而言理所当然的事，对她来说就不一定了。她可能就是一个我行我素的人。

刚得到"不要主动行动"的教训，但配合她的节奏也让我耗尽全力，骨头都要折断了。这么炎热的天气下等着，别说折断，骨头都快熔化掉了，我无话可说。要是再等 30 分钟人还没来，我就回家了。

我刚下定决心，就看到我等待的人从摇曳扭曲的热浪里晃晃悠悠地走了过来。

"对不起……我迟到了！"

她一脸疲惫困倦的样子，出的汗比等了 30 分钟的我还要多。

她穿着黑色无袖上衣，搭配白色基调的碎花百褶长裙。轻薄布料的长裙演绎夏日风采，胸前闪耀的小巧项链更突出她的华丽容颜。连我这种不关心流行趋势的人看了都觉得非常时尚，她却一副筋疲力尽的样子，白白浪费了这身衣服的魅力。

"发生什么了，你怎么出这么多汗？"

她没有回答我，视线聚焦在我的右手。我顺着她的视线看过去时，她就从我手中一把夺走了水壶，就这样咕咚咕咚地喝了起来。

"那是我的……"

到底怎么回事，她把水壶还给我时，里面的水几乎都被喝光了。不光让人顶着酷暑在马路上干等 30 分钟，竟然还夺走了贵重的水资源。

这是和我有仇吧。我现在开始对她心生恨意了。

"呼——谢谢,总算得救了。那么顺便去买点嘎里嘎里君^①之类的冰棍儿吧。"

我无视了她得寸进尺买冰棍儿的要求,催她赶快说出迟到的理由。

"怎么说呢?一想到和男生两个人单独出去,我就有了干劲要好好准备一下。结果这个时候,我家唯一的自行车被哥哥骑走了……"

"所以就一直走到这里?"

"是的是的。从我家走到这里得花 30 多分钟,我迟到了,真的很对不起。"

她耸耸肩,双手合十,脸上露出抱歉的笑,看上去似乎有些愧疚。我轻轻叹了口气,把几乎喝光的水壶放回包里。

"好吧,起码你还是来了。"

"那是我该说的话吧。天野同学看起来像是那种,到了约定时间如果我没来的话,就会直接回家的人。说起来,我还担心你今天不会来呢。"

她说得没错,我确实纠结过要不要来赴约。但我既然接受了

---

① 日本冰棍品牌。

她让我来当摄影师的要求，就没有不来的理由。这也是我提高摄影技术的好机会。

"那么今天做什么？"

"先问一下，天野同学吃午饭了吗？"

"算是吃过了。"

"也是，我猜你就是这样的人。"

她一副似乎理解了的样子点了点头。

"为什么？"

"我怕你万一没吃饭就过来了，错过了午饭。"

原来是这样啊。对我来说，交往最多的除了家人就是阿垒，完全没有考虑到这一层。我平时和她毫无交集，但从这一点上，我体会到了我俩之间的差异。

"……抱歉，没想过这些。"

"别在意。只是临时约一次而已，吃了饭再过来很正常。"

"下次我会注意的。"

"嗯！下次要一起吃饭哟。不说这个了，我们向目的地出发吧！"

一不留神就被约好下一次了，我真的必须得小心起来了。

"什么目的地？拍摄不就是在学校附近进行吗？"

"那就走吧。"

"去哪里啊？"

"这是为了确认你的人性。"

听到这话我心里一惊，她果然还在怀疑我是偷拍狂魔吗？

然而，她似乎毫不在意我的样子，抓起我的胳膊就把我拉进车站。

"等等，要坐电车吗？"

"对啊。"

"那么你要去充卡吗？我去买票。"

"没关系，交给我吧。"

我现在完全没法通过检票口，她却一直拉着我走。在旁人看来，我一定是被女孩子强行拖着到处走的废物男吧。我虽然很在意周围视线，但当下只能自暴自弃了。

"来吧，天野同学用这个。"

在检票闸机前，她给了我一张电子交通卡。

"我用这个吗？那你用什么？"

"当然，这是天野同学的。"

"什么意思？"

"嗯——简单来说就是给你办的，在和我出来时用的。"

"目瞪口呆"说的就是我现在的样子吧。回过神来，她已经过了闸机，无奈之下，我也只能用她送的这张卡了。

"哎，这是什么？"

闸机屏幕上显示的交通卡余额，如果我没看错的话，写的是

"2万日元"，比我想象中的数字还要多了一个零。

"怎么了？快点！"

她好像没有"等一等"的行动概念，饶有兴趣地从不同角度观察着我皱起眉头低下头的样子。

"这个余额，是怎么回事？"

"哎呀，因为这个电子交通卡最高只能充到2万日元啊！"

"这么多的钱，我没法收。"

"这点事别在意。之后我们还要去很多很多地方，卡里的钱兴许还不够用呢。"

她这是想要穿越国境吗？

的确，拍摄照片时背景很重要，但我没想到她会做到这个地步。我似乎还没理解她对这件事有多上心。

"总之咱们走吧。"

被她催促着，抱着半分对接下来事态发展的恐惧，我登上了电车。

果然，以为被动行动就万事大吉的我，似乎还是没有领会到她的意图。

"交通卡的钱，我将来一定会还给你。"

我耗尽全力向她保证。

她一直坐到终点才决定下车。我们下车的这一站，是全国旅客第二多的车站。

街头的人声鼎沸与夏日酷暑充满了令我却步的能量。到底为什么，她这样聒噪的人能主动投入汹涌人潮之中呢？就算是因为夏天，她要投入的也不应该是这样的人海吧？

"哇呀——真热啊——这才是真正的夏天啊！"

话虽如此，她满满活力的样子，也完全不输这热辣的阳光。

"每年夏天都这么热的吗？"

"还真是，到了正是盛夏的八月得热成什么样呢？我这种纤纤美人都要热化了！"

"你难道是黄油之类的东西吗？"

"你说对了，我就是想抹在你这块面包上的黄油。"

"我可不喜欢吃油腻的东西。"

即便我说出了这种挖苦她的话，她也没有生气，甚至还开心地笑了起来。

她本应是我最难对付的那种人，不知为何对话还能顺利进行下去。她确实是我讨厌的那种人，但不可思议的是，我和她聊天时，总有种熟悉的感觉。

聊着聊着，我们就快到达目的地了。

前方是这条街上最有名的休闲设施。它的名字也像夏天的烈日一样，不知为何让我感到有些心烦。

"对了，我之后还有事。"

"你在说什么啊？就算你真有事，我也不会让你回去的。"

"……我不太喜欢来这种地方。"

"一定很好玩的！"

"都说了我不喜欢……"

"都说了很好玩了！"

我的意见她一丁点儿都没听进去，看她这个样子，我放弃抵抗，踏进了设施当中。坐上通往地下的电梯，周围渐渐被冰凉的空气包围，我的心情也一点点变好，脸色放松下来。

我以为，既然来到这里，那么她一定会去那个有名的水族馆拍照。然而，她要去的目的地，却是个没法拍照的地方。

"为什么我要盯着天花板？"

"因为是我喜欢的地方。"

"这可不是能拍照的环境。"

"比起拍照，了解你的人性才是首要的。作为一个摄影师，我要确认，真的能把照片交给你拍吗？想了解一个人的人性如何时，我就会把人带来这里。"

她带我来的是一个有星象仪的地方，也就是天文馆。是她这种天文社团成员会来的地方，但不是我和她两个人能来的吧。我们的关系只是摄影师和模特而已。

"在天文馆了解人性，这能做到吗？"

"哎呀，首先就得从纯粹享受人造的满天星空开始。"

"人造的满天星空，听起来可不太舒服。说是满天星空，你这个说法听着更像在强调它全是人工制造的。"

"所以我就是这个意思呀。"

"……"

"快看，开始啦。"

她小声说着，周围的嘈杂也渐渐消失。灯光逐渐暗下来，对视觉和听觉的刺激也在减弱。唯一能感知到的，只有她微弱的气息。

一片静寂之中，等待头顶巨幕映出星空。空气中散发出淡雅的柑橘香气，天文馆为了给游客带来治愈效果，打造出了超乎意料的舒适环境。

没过多久，馆内天花板就被星空覆盖。接下来，沉稳的男性旁白详细解说每个星座。正值初夏，所以大多是夏天能看到的星座。

在学校教室里一直大笑着吵闹的她，在这片星空前也变成了纯洁少女，真挚地仰望"星空"。在我印象中，她就是聒噪的绫部香织，本以为她在这种安静的地方也会大吵大闹，没想到会如此安静，让我有点惊讶。

一开始，我还在担心自己天文知识不够，也担心在这么舒服的地方睡魔袭来，后来才发现，我这是杞人忧天。

旁白的内容在我这种"小白"听来也十分有趣。尤其是光亮最强的一等星，特别漂亮，让我很想把那些以一等星为主体的星座留在照片里。我至今没有过拍摄星空的经验，但这一次让我觉得，拍摄星空值得一试。

45 分钟的播映时间转瞬即逝。对于她的表现，一开始我还很在意，后面我越来越沉浸其中，不再留意旁人如何。

"呼——结束啦！"

"嗯。"

我瞟了一眼伸懒腰的她，脑中仍在回味刚才的星空。

从夏季大三角的说明开始，闪耀着红光的天蝎座、格外明亮的角宿一，还有旁边的处女座。即便是人造的虚拟星空，无数的星星也相互连接，组成一片绚烂星空，让我再次感受到星空的巨大魅力。

其实这是我第一次来看星象仪，感觉如同电影散场后的心情，然而，却没有看完电影后"有意思"之类的明确感想。我的想法只有"真好啊"！

"怎么样，这个天文馆？"

"真好啊！"

我搜肠刮肚，还是只能说出这句话。这是她喜欢的地方，她不会以为我是在糊弄她吧？我这么想着，而她却莞尔一笑。

"真好啊！"

"你能不能别学我？"

"不，我的意思是，幸好你觉得这个地方真好。而且，很庆幸你是这样的人。"

她松了一口气，露出安心的笑容。

"这样的人？"

"对，这样的人。我可是很自我很任性的人。"

"啊，你还是有自知之明的嘛。"

"你好烦。别在我说话的时候打断我。"

多次打断她说话，她脸上浮现出了一副打心里不高兴的表情。

"反正就是这么回事，我只能和对我喜欢的事物感兴趣的人打交道。"

对自己喜欢的事物感兴趣的人，这个说法的确足够自我足够任性。不过，这也许也是她热爱星空的一种体现。想让别人也能喜欢她喜欢的东西，这样的心情我非常理解，毕竟我也曾对阿垒讲过很多照相机的事。

"不过，就算你说你对天文馆没兴趣，我想我也还会一直带你过来，直到你喜欢上为止。"

"你还真是太自我了啊！"

"嗯，所以就算你想着刚才睡着就好了，也是没用的。"

"所以我一开始就没有选择权，对吗？"

"就是这样。你来拍我，这个未来走向早已注定。"

"还真是大言不惭呢……不过你说过，在天文馆能了解人性，我现在知道它是什么意思了。"

"嗯，你通关啦！因为对星空没兴趣的人可是会马上睡着的。"

看她露出自以为是的坏笑，我有点后悔，但又确实感到如释重负。

"说实话，我的确对天文馆没什么兴趣。就像你一开始说的，它是人造的，对我这种摄影师而言，自然的才是最好的。不过，听着解说看着眼前的星座，倒是比我想象的有意思。"

"原来如此，嗯嗯。"

她很满意，不住点头。

"那么，我还有一件能让你感兴趣的事。"

"什么？"

"我啊，是织女星。就是夏季大三角之一的，那个织女星。"

"什么意思？"

说自己是天上的星星，还真是大言不惭啊。

"这么说来，你之前说星星在笑着，那是因为你自己是星星，所以才能看出星星们的感情吗？"

我的语气里带了点开玩笑的嘲讽，她却轻笑了起来。

"如果真的能变成星星就好了。不过不是这样的，应该说织女星是我的星星。"

她一时不知如何表达，但依然讲了下去。

"听过'诞生石'吧？每个月都是不一样的石头。星星也是一样，一年365天每天都有诞生星。我的诞生星就是织女星，星语是'心态平和的乐观主义者'。很符合我吧？象征着我的星星就是织女星。"

织女星是星星当中光亮很强的一等星，刚才的星座解说也有提过。不知为何，这话听起来非常傲慢自大，而说出这话的她，侧颜却显出些许悲伤。

"说象征自己的星星是一等星中的织女星，你可真是对自己有自信啊。还是说，你脑子里根本没有'谦虚'这两个字？"

的确，一直很有人气的她，就像掩盖了普通星光的一等星。

"才不是！我有的可是笑容啊。"

她好像也意识到自己完全不谦虚了。虽然我觉得光有笑容没什么用，但我还不够了解她，还不能随意接上她的话。

"不过，没想到你还知道织女星是一等星呢。是不是对我有意思了？"

"没有，只是之前天文馆里有织女星的解说而已。"

"这时候就算是假话，你也不能否定我啊。与人打交道就是这么回事。"

"那我不和人打交道也没关系。啊，对了，织女星难道是这个意思？"

"什么意思？"

"难不成你想说，你就是织女？"

"啊，你才知道啊！"

"这话刚才我也说过了。给你个忠告，最好别和别人讲。"

她要是到处宣扬"我是织女"的话，一定会被看成是自我意识过剩的怪人吧。

"为什么？我已经和许多人讲过了，也有朋友叫我织女呢！"

她无所谓地反驳。从被叫上天台就隐约有点这种感觉，我一直以来把她看作普通的同班同学，从某种意义上说，也许是看错了。

"知道了，你就是自我意识过剩。"

"真没礼貌！又不是逼着他们叫的。我的名字叫绫部香织，里面有个'织'字，日语里也能读作类似英语中'vega'的音，怎么看都和'织女'有关系吧？而且我也说过了，织女星还是我的诞生星。"

"牵强附会，我知道你和织女星有缘了。"

两者之间也算是有一点关联吧，不过我还是觉得太牵强了。

"不过，就算大家都叫我织女，也找不到属于我的牛郎啊！"

她站起来，走向出口。其他客人几乎都离开这里了。

"这样啊，能找到就好了。"

我不了解这种话题，打心里没什么兴趣，就随便应付了她。

"你也太糊弄我了吧！就不能感同身受一下吗？"

"那是你的问题，跟我没关系。"

"你不懂吗？兴许就和你有关系呢。"

"……什么意思？"

"没有没有，没什么。"

我时常搞不懂她话里的真意，但要做她的摄影师，就不得不在照片中把这些表现出来。

"对了，还没拍照呢。"

我从自己的思考中回了神，想起了此行本来的目的。都是沉浸在天文馆的错，完全忘了正事。

往包里一看，里面放着今天一次都没用到的照相机。待在包包底部的照相机折射出暗淡的光，好像在焦急等待着按下快门的机会。

"今天就先这样，下次再拍照。我们去吃晚饭吧！"

她到底能不能搞清楚我们的目的，还有我们的关系？虽然我都陪她到现在了，没有资格说什么，但我还是想说，我们不是来玩的。

但说了也没用。她作为模特没有拍摄的意思，我也没法拿起相机。不过如果把今天当作正式见面，也是有意义的。

"啊，虽然不太能说出口，但不好意思，今晚不能和你一起吃饭了。"

尽管中午我对她有点歉意而难以拒绝，但今天实在是不能和她一起吃饭。我和母亲两个人一起生活，轮流做饭。今天正好轮到我，我必须早点回家准备晚饭。

"什么？我明明很期待的。"

"今天必须得早点回家。"

"嗯，哎呀，那就没办法了。"

她似乎瞬间理解了。

然后，我们俩回到离学校最近的车站并分手。

明明中午就拒绝过了，她还是约我下次一起吃饭。要是答应她能让她接受就好了，否则以后不知还会被她要求什么。

怎么看都还会有机会下次一起出去。她说要把交通卡里的余额全部用掉，她到底要去哪里呢？或者说，我到底会被她带到哪里呢？

然而，我竟然觉得这样也很好。不是因为我乐观，只是单纯地产生了想给她拍照的心情。

正因她平时一直笑嘻嘻的，不经意间被我窥见的其他表情才更印象深刻。讲到星星时渐渐流露出的哀伤眼眸、闹情绪时鼓起的脸颊，表情丰富多变的她，更有拍摄价值。

而且更重要的是，那天在烟花大会上看到的她的身姿，下次一定要留在照片里。不知为何，这个想法比以前更加强烈。

"妈妈，饭做好啦。"

"谢谢！"

我做好晚饭时，母亲正在看抗争病魔的纪录片。

虽然这只是我的偏见，但母亲明明就是护士，不知道为什么就是看不了这类重病的片子。现在也一样，眼泪蓄在眼眶里，马上就要掉下来了。

"爸爸去世马上就四年了。"

母亲来到餐桌旁小声说着，看着像是受到了刚才看的节目影响。

父亲在我读初一的时候就去世了。站在小孩子的角度来看，他们一直是一对无法割舍的恩爱夫妻。所以，父亲去世时，母亲应该比我更受打击。每年这个时候，她都比平时更感伤。

"……是啊。"

"今年的忌日，扫墓后辉彦打算做什么？"

"想陪在每年都看着很难过的妈妈身边吧。"

"辉彦——"

如同解开枷锁一般，母亲泪如雨下，她隔着餐桌，站起身要拥抱我。

看她这个样子，我下个周六，也就是 7 月 20 日，只能继续陪在她身边了。

"妈妈，擦擦眼泪鼻涕，要掉进饭里了。"

"啊，对不起。"

母亲擦着满是泪水的脸，我终于吐出了一直以来的疑问。

"我也不知道这么说可不可以，比起普通人，护士好像更能习惯'人的死亡'，对这种纪录片应该更有抵抗力才对，但妈妈你怎么不太能看这种片子？"

我说着，把目光转向仍在播出的节目。

"该怎么说呢，这不一样。这种节目不管怎样都会尽量挑出好看的部分播出去，比起真正的现实，这样做不管好坏都更能引起观众的情绪。而现实当中，看到遗属的痛苦辛酸，想哭也不能哭。因为不管我们怎么哭，也无法把他们从痛苦中拯救出来。"

刚才还在抽抽噎噎哭着的母亲语气忽然严肃了起来。这是过来人的经验之谈，语言的说服力顿时不同。

"不过，看到年轻人得病，我心里还是很难受。"

母亲几乎不怎么在家里讲工作上的事，听她讲完，我也点了点头。

我现在的生活没有太多不自由，但如果得了病，今后获得的经历和回忆都会受限。多么不幸啊！

我忽然想到了她。她与电视里播出的女病人可谓天壤之别。

只能在医生规定的范围内自由活动，对她这种活泼开朗的人来说，这样的生活一定无聊得难以忍受吧。

即便如此，那个活泼开朗的她也会无视重重限制，想做什么就做什么。

"都生病了，她不会这么做吧。"

尽管我是这样认为的，但也很容易想象到她受不了而"大闹"狭小病房的模样。

至于照片，今天没能拍成，但以后肯定还会有更多按下快门的机会。

照片也有很多种类，其中包括她想要的时尚模特那种的华丽照片、讲究艺术美感的照片，还有记录抗争病魔、反映现实的照片等等。

父亲去世后，我继承了他的相机。

父亲常去母亲工作的医院，兴趣使然，总是带着相机。他是护士的丈夫，时常有患者请他拍照。

不知那时，父亲是以怎样的心情按下快门的呢。唯一可以确定的是，父亲是个伟大的摄影师。

父亲拍摄的照片里，所有人都展露笑容，与是否在医院、是否为病人无关。我非常喜欢父亲的这些照片，所以这也许也是我想继续拍照的原因，我想追随他的脚步。

"拍照的意义……"

那一夜，我思考着给人拍照的意义。

我几乎没拍过人像照，与只拍人像的父亲形成了鲜明对比。明明继承了他的相机，却从未像他那样拍过人像。

理由很简单，我对拍摄人像很抵触。虽然父亲是伟大的摄影师，但我丝毫没有能做到像他一样出色的自信。

　　我说服自己这是个锻炼技术的好机会，接受了她的邀请，但我对自己果然还是没有信心。

　　我能拍出她的美吗？

　　我能胜任她的摄影师吗？

第
二
章

“绫部香织是个什么样的人？”

“真稀奇啊，辉彦竟然对别人感兴趣了。”

“不是，怎么说呢，是不得不开始感兴趣了。”

放学后，为了消磨时间，阿垒来跟着我参加我的社团活动了。他的交友范围很广，所以我试着向他打听了她的事。

“绫部啊——想起来了，她是个像星星一样的人。”

他的回答让我有些惊讶。被问到这个问题，一瞬间就把她和星星联系起来，阿垒可能比我想象的还要更了解她，是因为他知道她是天文部的吗？

“像星星一样？”

"对。在广阔的夜空之中，无数星星中的一颗。绫部就是那样的人。"

眼前的男生，毫不犹豫地说出这句话。

阿垒是我小学时就交到的朋友，是为数不多能理解我的人。父亲去世后的那段时间里，如果没有阿垒，我很可能无法坚持下去。那时我一直把自己关在房间里，是阿垒每天来到我的房间，一直安慰，鼓励我。不知道是故意还是无意，他总是能一脸平常地说出或是有深意的、或是难听的话，但他的话确确实实有着引导人心的力量。

"我不明白。"

"总之，那家伙很有意思的。"

也有人嫉妒阿垒，因为他很有声望，被人信任，无论男生女生都有不少人仰慕他。说实话，阿垒很受欢迎。

虽说阿垒很有人气，但从没有传出过恋爱之类的绯闻，他本人也曾明确说过，对恋爱没有兴趣。所以，当阿垒提起她时，他的表情和语气，还有那特别的内容，都让我深感意外。

"为什么这么觉得？"

"啊，因为高中开学典礼时和她接触过。"

"那个时候，阿垒受伤了吧？我还记得你开学典礼时迟到了。"

阿垒极少迟到，因此那个开学典礼让我印象深刻。在那之后，我还清楚记得他念叨着"刚开学就出洋相了"，十分消沉。那时，我记得还有一个同学也迟到了。

"啊，那另一个迟到的人就是——"

"你竟然还记得啊。对，是绫部发现我受伤后，给我做了应急处理。"

"原来是这样。"

"然后她对我说，'开学典礼只有你一个人迟到的话肯定很丢人，我陪你一起迟到吧'。我一下子笑了出来，连受伤的疼痛都暂时忘记了。"

我第一次看见一直冷静沉着的阿垒，露出如此愉快的表情。

"发现有人受伤立刻伸出援手的人几乎没有，但绫部就做到了。她就是那样的人。"

阿垒的表情，我至今没有见过。我再怎么愚蠢迟钝，也能想象得到他那份感情。

"阿垒，你不会是对她——"

然而，时机不巧，我们讨论的主角刚好过来了。

"早啊！"

摄影部的活动教室一向很安静。没什么人说话，能听到的只有时不时按下的快门声。这时，一个格格不入的声音在这里响起。

教室里除了我，大家都把视线转向了声音传来的方向。而我大概猜到是谁了，看都不看一眼就回答道。

"……你上课的时候在睡觉，所以觉得问候早安没问题，可惜现在已经是傍晚了。"

我上课时一直盯着黑板，没有特意看她。平时没有注意，今天知道她在日本历史课上睡着了，因此她还被老师整了一下，成了大家的笑柄。平时那么严厉的老师却没生气，是因为她可爱吧。

"喊喊喊，'早安'是对当天初次见面的人打招呼时用的，才不是起床后专用！而且我上学好累才想睡觉的，没办法。"

她竖起手指得意扬扬，看着真让人生气。要是跟她计较就输了，所以我决定不和她一般见识。

不过，她还是不忘展露笑颜。她完全不在意我的反应，抓过我的手。

"好啦，我们走吧！"

她一点都没注意到有过一面之缘的阿垒，搂着我就往室外走。

"去哪里？"

"那当然是摄影会啦。"

她又对着我肆意妄为了。

离开室内的时候，我看到阿垒一脸困惑呆滞地目送我们离开，这一幕令我印象尤为深刻。

我被她带到了天台。夜幕降临，西下的夕阳将她的身影染成了橘色。

"喂，喂……"

"怎么了？"

我按下了快门。尽管她没有以前在烟花大会上看到的那么张扬，但还是很上镜。也许是因为她有着在女孩子当中显得挺拔的身高吧。夕阳在她身后驻足，共同演绎出这幅画面。

我还是没能克服对拍摄人像的畏难情绪，但我明白了一个事实，拍摄人像是值得的。

"虽然这件事是我先提出来的，但当模特也太羞耻了吧！"

她脸红了，但貌似不全是因为夕阳。

"事到如今怎么还说这个。不过，你竟然也有羞耻心啊，那我就放心了。"

"当然有了！你到底以为我是什么人啊，真是的！"

对话仍在继续，而我也没有停下不断按着快门的手。

于是，她丰富多彩的表情被引导着展现出来。双手叉腰一脸凶悍的样子，也被相机记录了下来。

"你的表情就像三色调色盘一样。"

"什么意思？"

"笑着，高兴着，然后继续笑着。"

"那不就是只有两种颜色嘛！说得我像是只会笑的傻瓜一样！"

"没办法，这就是事实。"

"喂喂喂！"

"那再加上现在这个赌气的表情，就是三种颜色了。"

是的，她没有第四种颜色。"喜怒哀乐"之中，唯有"哀"无从发觉。她的身上，几乎都是"喜"与"乐"。

尽管如此，有时她展现出的哀伤表情，到底是什么意思呢？

"拍得可以吗？"

"你放心。第一次能拍成这样，已经很不错了。"

"真的假的？！"

"嗯，夕阳把不太好的地方都掩盖住了，拍得很有感觉。"

"都遮住了啊。感觉不是那么开心，算了，接下来还要继续拍呢，期待最终洗出来的成片！"

她好像知道现场看过的照片与洗出来的照片其实看着并不太一样。

在被她叫来之前，我一直没来过这里，没想到天台竟是个如此舒适的地方。周围没有比学校更高的建筑，视线良好、四周通透，也是个拍照的好地方。

原来如此，这也许就是她喜欢这里、想来这里的原因。

我再次看向取景器，把她的身姿用照片记录下来。安静的天台上，只有快门声轻轻响起。

"喂，别不说话光拍照啊！"

"……那我该怎么做？"

"怎么说呢……就不能像真正的摄影师那样，给我一些摆姿势的指令，或者随便说说什么，提供一点缓和气氛的话题之类的吗？！"

"你最好别对我有这种期待，没用的。"

"哈哈哈，也是啊。你在班级里也完全不说话呢。"

"啊，不过，我有一个想问你的问题。"

"欸？什么什么？"

一开始她来找我当她的摄影师，就是因为怀疑我在那场烟花大会上偷拍她。虽然她嘴上说着这样就能帮我洗脱原罪，但我依然对此表示怀疑。先前与阿垒讲起时，也有这种感受。

"你真的认为我可以当你的摄影师吗？"

"那当然了，因为你通过了我的天文馆考验啊。"

"我不这么认为。拍照比我拍得好的人有的是，比我更关注你的人也有的是，我一直觉得，你去找那些人不是更好吗？比如，像阿垒那样热心肠的人。"

"怎么提起了他的名字？啊，你不会是只有阿垒一个朋友吧？"

她没考虑过这句话伤害到我的可能性吧，不过我也没被伤到就是了。

"……没什么，只是有这种感觉而已。阿垒在女生中人气很高，但他好像很在意你的样子。"

"哦，是吗？但我指定的就是你。"

"这样啊……"

听起来很平静，不像她。听到她与平时不一样的声音，我抬起头，而她的表情也很难读懂。

我不明白她在想什么。我不明白她点名要求我的理由。

我想不明白，故而只能不再去想，把注意力集中在眼前和手上。

天色渐暗，拍摄差不多该结束了。突然，听到了她的声音。

"好，去买东西吧！"

"是吗，你走好。"

我渐渐习惯了她突发奇想的行动，条件反射般知道该如何回应她了。

"你也一起去嘛！"

"我今天除了社团活动以外，还得去打工。"

她拿出手机列出想去的店，与之相反，我准备打道回府。我再怎么被动，也不能打工迟到给人添麻烦。

"嗯……那就去这家吧！什么，你要去打工？！"

"对，去打工。"

"想不到你还是个行动派。我以为你是放学后直接回家的那种人，也没想到你会参加摄影部。"

"嗯，我也知道你想说什么了。不过摄影器材都很贵，不打工的话就没法好好参加社团活动了。"

"原来是这样啊。摄影器材好像是很贵呢。我知道你每次都拿着镜头离我很远。然后呢，你在打什么工？"

"你还真是敏锐啊。因为我觉得你碰了的话肯定会弄坏。我做的是送比萨的兼职。"

"哎，送比萨的话，得骑摩托车去送吧？难道你会骑摩托？！"

"应该会吧。"

不知为何她突然兴奋起来，从刚才起就弯腰敲着自己的膝盖。难道她把"比萨"和"膝盖"①弄混了？这么幼稚的谐音梗，连幼儿园小孩都不玩了。

"你说得像事不关己一样。不过你竟然会骑摩托，比我想象中还要成熟呢。是吗，原来你在比萨店送比萨啊！"

"不知道你对骑摩托到底有什么样的印象，但出远门拍摄的时候，要是有这种交通工具就会很方便。"

她又在敲膝盖。一直弯曲着身子也该累了吧。

"是吗，出远门也更容易了，真好啊。喂，怎么不吐槽我啊！"

"啊？有什么要吐槽的？"

"啊，就是那种啊。你该不会是完全不看搞笑节目的木头人吧？"

"大概幼儿园小孩也想不到吧，把膝盖和比萨联系到一起。"

---

① "比萨"和"膝盖"在日语中发音相似。

"什么吗，你这不是知道的嘛！"

去打工之前，我还是答应她一起去买东西了。也许是我刚刚无视了她的表演，她今天耍赖程度更甚。

正在买东西的她，说实话就是个傻瓜。连一个小时都不到的购物时间里，她花掉了相当于我打工一个月能挣到的钱。根本不是放学后顺便去买东西的程度。前段时间出去的时候，我也被交通卡里的充值余额所震惊，难道她是什么知名富豪的千金吗？

"嗯？我家吗？就是普通家庭啊。家里四口人，爸爸是公务员，妈妈平时打工兼职，还有放浪不羁的大学生哥哥。"

"那为什么你在这么几件衣服上花这么多钱？要是想要得不得了，烦恼了很久才下定决心的话倒是还能理解，可是你看上去想都不想就买下了，而且你甚至还买了男装。不管你为什么有这么多钱，你的金钱观念最好还是改一改吧。"

即便我这么说，她好像也没听进去，径直走进餐厅，立刻把店员叫了过来。

"我要点这个、这个……还有这个！"

"你到底有没有听我说话？"

距离我去打工还有一段时间，听从她的提议，我们决定一起去吃晚饭。去天文馆那天拒绝了她让我有点愧疚，但她这次点单速战速决又让我目瞪口呆。

"今天确实买得有点多了，但因为要在摄影会上穿，所以没关系。男装也是今后要用上的，买了不后悔，不如说不买才可能会后悔。而且，电视上的心理学老师说过，优柔寡断的人可过不好人生啊！你应该学学我的果断。"

"……那我也点和她一样的东西。"

虽然没能仔细看看菜单，但既然已经把店员叫过来了，就没有让人家一直等我的道理。我毫无办法，只好点了和她一样的饭菜。

"我事先声明一下，我不是优柔寡断，只是你点得太快了。而且，连菜单都没看过就把店员叫来，你在朋友面前也这么做吗？还是别这样比较好，好不容易出来一起吃饭，陪你来的朋友也太可怜了。"

"的确，大家一开始都很困惑，但现在完全没这个问题了。还有比我点单还快的人呢，菜单连看都不看一眼。"

这已经不是"提前预习"的程度了吧？和她一起出来吃饭的时候，可能还得提前调查一下周边的餐厅。

"还有，要去哪家店也得好好考虑一下吧？"

她毫不犹豫地冲向了大型商场的最高层。这里美食街的客户群主要是家庭，比我预想中的价格还高，不是高中生能消费得起的水平。而且她进来的还是当中相对昂贵的西餐店，和我吃饭选这种地方，未免有些不太合适。

"我的座右铭就是，'比起做了会后悔，还是不做更后悔'，所以想买的东西一定会去买，想去的地方一定会去。我做事就是要随心所欲。别担心，至少在钱上不会让你困扰，所以之后也请继续陪我哟。"

"我明白你想说什么了。你的想法也很伟大，但我们只是高中生而已，还是认清自己的身份比较好。这些随心所欲的想法，进入社会之后再去追求，不是更轻松吗？"

"你还认真起来了啊！对我来说，现在就是最重要的。展望未来是很好，但造就那个未来的可是现在的我啊。想做什么就去做，如果现在不能尽全力活在当下，那么将来也无法全力以赴地活着！"

她说着，直直地盯着我的眼睛。呼吸也乱了起来，让我无意识地笑了起来。

创造未来的是现在的自己啊，原来她是这样想着，这样活着的啊。与追求稳定的我形成了鲜明对比，她的想法可谓不顾风险的猪突猛进。

不过，也许正因为真正做到了全力以赴，并向周围传播这种想法，她才受到了同学们的欢迎。我曾经以为她的价值观很傻，如今也有所改观了。

"你有座右铭吗？"

而我和她不同，不管是多么伟大的人说的话，不管多么认同，我都不会把它当作自己的行动理念。不过有一句话，非常适合形容我这样的人。

"座右铭……硬要说的话，就是'塞翁失马，焉知非福'吧？"

"那是什么？塞翁之马？你想变成马吗？"

"那个汉字还真就是你说的'马'，是来自中国的一个故事。"

"什么故事？"

"可不一定是什么有意思的故事啊。"

"说吧说吧，你也太谨慎了，别太在意。好不容易能听你讲故事，你讲什么我都听。"

她发自内心地期待着我要讲的故事。每天她都会这样开心笑着期待一切吧，看待日常风景的角度一定和我完全不同。

我叹了口气，开始讲"塞翁失马"的故事。

"这是一个来自中国的故事，很久很久以前，一个老爷爷和他的儿子一起生活。"

"怎么听着像日本童话的开头，一个老奶奶去河边洗衣服之类的。"

她或许是在想象那个场面，手上也做出用搓衣板搓洗衣服的动作。

"这个故事里可没有老奶奶出场。有一天，那个老爷爷养的马逃跑去了游牧民族的领地。因为老爷爷很爱这匹马，当它跑掉后，周围人都觉得老爷爷应该会很难过。不过，老爷爷本人却没放在心上。"

"欸？！为什么？就算是我，以前养的小狗去世了，现在想起来都要哭出来了呢。那个老爷爷是不是太无情了！"

她的每一个反应都很大，让我有种错觉，不管多么无聊的故事，都有讲述的价值。

"老爷爷是这么想的，'马跑掉了，也许是幸运之事呢'。"

"他的想法真乐观啊！"她认真地点点头。我想说你也差不多，但还是没说出口。

"几个月后，那匹马从逃走的地方带回来了一匹好马，别人都认为老爷爷很幸运。不过，那个老爷爷这次却说，'这未必是好事'。而之后也确实如他所说，他的儿子从那匹好马上摔落下来，腿骨折了。"

"真是有得有失啊！"

她一脸若有所思。"原来你还会四字成语啊"，当然这话我也没说出口。

"不过老爷爷又说，自己儿子腿摔伤了，'未必是坏事'。"

"……说到这里，我只能认为这可能是老爷爷故意安排的了，老爷爷也许就是整件事的幕后黑手呢。接下来又发生什么了？"

"黑幕吗？我从来没这么想过……嗯，接下来，老爷爷和他儿子住的地方附近城池突然大敌来犯，双方展开大战，附近的年轻人都被征召上战场，而且几乎都战死了。"

"啊，我明白了！老爷爷的儿子因为受了伤，所以不用上战场，平安无事地活下来了！"

"对，就是这样。"

"那么接下来，就又是不幸的事了？"

"……不，故事到这里就结束了。这就是'塞翁失马，焉知非福'这句话的出处。它的寓意也就是说，'人生'中会发生什么事无法预测，不必因为幸运或不幸而为之伤神。所以，即便被某个不听别人说话的人耍得团团转，还被误会是偷拍狂魔，也可能会是件好事呢。"

"你说的是谁？"

她故意问我。我也配合她耸耸肩，"谁知道呢"。

"所以总之，我想从容不迫地生活，跟随我自己的节奏。"

"呵呵，很像你的风格啊。"

"和你完全不一样。"

"确实是啊。"

"不过，你肯定又要觉得，这也很有意思了吧。"

"哈哈，你开始理解我了呢。"

是这样吗？是我开始理解她了吗？或许是我和她的想法完全相反，才能容易猜到她的心思。

"久等了！"

"哇！看上去好好吃！"

好似听到我们的对话一般，饭菜在一个非常巧的时间点被端上了桌，色泽诱人。她的表情也随之高兴起来。

她这种过分积极的反应，也感染了周围的人。现在看到她的反应，端菜上桌的店员也露出了满足的笑容。

"嗯，好吃！"

她忍不住一口接一口地把饭菜往嘴里送。

"你也快点吃啊。好不容易等到菜上来了，凉了就不好吃了！"

"啊，也是。"

现在全身散发积极气息的她，应该不允许饭菜凉掉这种消极因素产生。

我们点了汉堡肉套餐，和我以前在家庭饭店里经常见到的汉堡肉相比，厚度和香味都不一样。

我也模仿着她的做法，把刀插进汉堡肉中。然后，从那块膨胀得快要破裂的肉当中，迸发出无敌的肉汁和香气，一下子勾出来了我肚子里的馋虫。

而平时聒噪的她，在星空与美食面前也成熟优雅起来，神情放松，笑着大快朵颐。

"嗯，好吃。"

一起端上来的沙拉也缤纷多彩，与汉堡肉绝配。

我的嘴巴也闲不下来，一口一口地吃个不停。

我平时情绪反应不大，而此时的表情似乎格外放松，她看向我，一脸坏笑。那副表情好像在说"来这家店，点这些菜很不错吧"。

不知怎么，我有点不甘心，为了挫挫她的锐气，故意在已经吃光餐盘的她面前放慢了吃饭速度。然而，她又点了甜点，于是我也跟着下单。结果，这次晚饭我们还是尽兴到了最后。

"你认为恋爱是什么？"

刚吃完饭没多久，她突然抛出了这个问题。

"……那个，你是不是问错人了？我自己这么说好像不太好，但不管是谁来看，你都比我更有经验吧？我不可能比你更懂恋爱。"

"呃——我没有别的意思，就是单纯地好奇。恋爱到底是什么呢？"

她的眼里满是好奇，就像盯紧猎物的肉食动物一样，令人无法逃脱。她似乎真的没有侮辱我的意思，只是出于纯粹好奇才问的。

"也许是提高了心仪的特定对象在自己心中的价值，并想要接近那个人的心情吧。"

"什么啊，这个回答像是在朗读词典一样。你是《广辞苑》^①还是什么别的词典吗？啊，说起来马上就到甲子园比赛^②的季节了呢。"

---

①《广辞苑》是日本的一种日语词典，发音与"甲子园"相近。
② 日本的著名棒球赛事。

"……你没想好好讨论这个话题吧。"

她是不是喜欢这种无聊的谐音梗？明明保持平常的样子就能让大家高兴，特地想法子逗笑别人可不适合她。

"不是不是，比起恋爱，棒球我更聊不下去。不过，嗯——原来你是这么分析恋爱的啊。那么你有过能这样分析的恋爱经验吗？"

原来她想听的是这个啊！

"当然，没有。"

"我以为你不会这么言之凿凿呢。好无聊啊……我们都已经是高中生了，我以为大家应该都谈过一两段恋爱呢。"

"那你呢？"

"哎哟？！开始对我感兴趣了吗？"

我不过就是客套一下而已，她却当真了，手里把玩着甜品勺子笑了起来。我叹了口气，起身作势要走。

"啊，该去打工了。必须得回去了。"

"等等，对不起，是我太得意了！"

我好像又想到了有效对付她的新方法了，以后看情况灵活运用吧。

"说起来，我也是谈过几次恋爱的。我啊，毕竟很受欢迎嘛，有过被人告白和人交往的经历。不过，就因为这样，对方马上就觉得没意思了。因为我被人气很高的男生告白了，很骄傲，才和他在一起的。我认为这段感情里面，只有恋，没有爱。"

"什么？你在讲哲学吗？"

"不是，是我的恋爱经验谈。"

"从你嘴里说出'恋'和'爱'的区别，我一时没反应过来。"

"别这么说啊！因为我也不知道它们的区别在哪里啊！"

我能理解，她很受男生欢迎，有过恋爱经历。她的外表也很漂亮。那场烟花大会上，连我都被她吸引住了，她的美是毋庸置疑。

正因如此，我才觉得她现在与我待在一起，十分不可思议。

"那么接下来轮到你了。我都讲了我的事了，你也讲讲你的，因为我想了解你。"

"我之前就很疑惑，你为什么想了解我？了解了解那些高人气男生不是更有用吗？"

"别人也想了解那种人啊。我不是这样，我平时几乎不怎么了解你，所以才想了解你。我觉得至少你和其他女孩子几乎没什么来往，只有我了解你的魅力，你不觉得这很棒吗？"

原来如此。虽然我至今为止从未被异性这样说过，也没这么想过，但我理解了她为什么这样说。

即便是我，想到能透过取景器看到她的人只有我，多少也有些优越感。由此可见，她的这种感觉就是独占欲，是无论何时都自我任性的她的作风。

"我吗……我真的没谈过什么恋爱。啊，不过有一次，虽然不是恋爱，但对一个女生有过特别的感情。"

尽管是她随意挑起的这个话题，但既然听了她的故事，我就没有什么都不说的道理。所以我决定，特别为她讲述这个故事。

那是父亲去世前不久的事。有个女生成了我的第一个模特，那也是我第一次掌镜。

"这是我初中一年级时，开始摄影的契机。"

"哦，让我这个专属模特来听听。"

她兴奋的样子，让我不由得顺着她的意思行动。今天的我前所未有地话多。

"我妈妈是护士，所以我爸爸总是有机会去医院。他总是带着相机，渐渐地不知道什么时候开始，医院里就有了拜托他拍照的人。从那之后，爸爸就把他的摄影爱好变成了一个副业。有一天，我借来爸爸的相机，边摆弄边等妈妈下班。"

"嗯嗯。"

我回忆着当时的场景，语气里带了些怀念。

"那时，医院等候区里有个女孩子在啜泣。我一开始还以为一定是哪个讨厌医院的小孩子，仔细一看，竟然是个身高和我差不多的女生。"

她一瞬间睁大眼睛愣住了，是因为没想到一向不关心他人的我竟然能注意到女孩子哭了吗？

随后她迅速收起了惊讶的表情，反倒调侃我"竟然能让哭着的女孩子笑出来，以前的你还真行啊"。

"周围一个人都没有，听她一直哭着真的很烦，我就拿起手中的相机，把镜头对准她。她边哭边拼命摆姿势，看起来很怪，我就笑了出来。回过神来，那个女生也跟着一起笑了。她眼睛还肿着却还努力地笑着，给她拍的那张照片就成了我拍的第一张人像照片。"

那时取景器里的景象，还鲜明地留在了我的记忆中。当然，当时洗出来的照片我也依然留着。那是我摄影的原点，而这件事也是我第一次同他人说起，此前对阿垒也没讲过。

"这样啊。"

"问了之后才了解到，这好像是她第一次要接受这么大的检查，感觉很害怕。不过她被叫到号去检查之前，还笑着对我说了'谢谢'。这是个契机，让我明白了照相机能让人露出笑容，她也是促使我下定决心开始拍照的特别的人。明明连她的姓名和年龄都不知道，至今没再见面过。"

讲完后，我才后知后觉，一个劲儿地自顾自说话，完全不像平时的我。不过，她一直冲我认真点头，让我不禁觉得，能和她倾诉出来真好，就当作她一定是那种擅长倾听别人的人吧。

"那个女孩子一定很感谢你。"

"但愿如此。"

"什么时候也让我看看你第一次拍的照片吧。"

"嗯，如果有机会的话。"

我话多得反常，她也反常地认真倾听我的故事。发现互相都很不对劲后，也不知道是谁先开始的，我们都笑了出来。

就像那天，与那个连名字也不知道的、我最初的模特相视一笑那样。

"那么，差不多该回去了，到时间了。"

"嗯，是啊。"

回程路上，我们没有交谈，始终沉默不语，却没有尴尬的感觉。

"再见。"

"嗯，再见。"

她看起来还没聊够，但还是说了句"最后还是逃不掉打工啊"才把我解放出来。那么我就当这是她对我下的宣言吧，不是打工的话就逃不掉。

"啊，等等！"

"怎么了？"

我正准备去打工，她突然拉住了我的手。

"往我这边转过来一下！"

"嗯？"

突然轻轻地响起了一声"啪嚓"。

"偶尔也试试被人拍照吧？"

"我喜欢给人拍照，但不擅长被人拍照啊。"

她拿手机拍下了我俩的合照。

"接下来也请你乖乖接受被人拍照。我想和你一起拍。"

她边说着，边一脸满足地拿着刚刚拍了照的手机。

她看上去那么开心，我怎么能轻易拒绝呢。我这样想着，但不可思议的是，我完全没觉得不快。

然后，她踏上了回家的路，我也开始走向打工的比萨店。

"今天谢谢你！我很开心！之后还会联系你，也期待你的拍摄！"

她的喊声让我回头，看到了她满面春风、冲我挥手的样子。

也许是受到她的感染，我发现自己的嘴角也随之上扬了一点。看来我也觉得，和她待在一起的时间很开心吧。

今天的打工时间不长，以为自己还不累，但回房后，还是迅速把自己扔到了床上。

是因为和她待在一起的时间太长了吧，比平时更耗费能量。相当于比起阴天，在大晴天活动更容易出汗一样。或许她不像星星，更像太阳。

"说起来……"

我从左边口袋里拿出手机，那里存着她发来的"宣言"。

"今天谢谢你！我真的很开心，本来很想早点约你下次出来，但这周的工作日里我好像都有事了，所以想问你周六约怎么样，虽然我明天就想出去玩了。"

除了信息以外，她还传来了一张临别前拍的照片。是抓拍到我回头看向满脸笑容的她时，瞬间呆滞的照片。很容易就能想象到，她一定非常满意这张照片吧。

不管怎么想，都觉得她似乎脑子里都是玩乐。明明是她拜托我拍照，她自己却把拍摄的事忘得一干二净。

而且，她想约的周六是父亲的忌日，我已经和母亲约好了，不能爽约。

"我也很开心。不过，周六我有非常重要的事情，希望能换成其他时间。"

"你竟然有事了！那我们就暂时没法单独聊天了，好无聊啊！"

她马上发来了回复。既然对方是她，那么比起糊弄过去，还是讲明事实更好。

"我们本来要做的就是摄影，不是出去玩。周六是我父亲的忌日，那天得和家人一起过，抱歉。"

"啊……是这样啊，我也很抱歉。下次还会再约你出来的，你一定要等我，晚安！"

这种沉重的话题不适合和她聊。她自己似乎也察觉到了这点，立刻不再继续这一话题，我也只回复了句"晚安"。

"去泡个澡吧。"

那么看起来，暂时不会和她有约了。

我这样想着，第二天就收到了一通消息。

那正是算准了放学后的时间段发来的，她本人今天没来上学。

消息里写着想去拍照，还有指定地点。反正也没有其他事情，社团活动结束后，我去往她所说的地方。

"哟，好久不见！"

"嗯，也就昨天没见。"

她叫我去的地方，是离学校最近一站也要一小时路程的繁华街道。母亲的工作单位也在这条街上，所以我对此很熟悉。这里难道有她想拍照的地方吗？

"你今天没来上学吧？"

"哈哈哈，刚好最近积压了很多疲劳，上午身体不舒服，不过现在没事了！又充满活力了！"

她说得没错，看样子活力满满。不光和平时一样满面笑容，现在还要拉着我的手。

黑色短裤、白色 T 恤，很简单的一套搭配，但在女生中身高较高的她身上，却非常合适。

"今天是真的要好好拍照了。"

"……明天好像要下雪，要注意保暖啊。"

"夏天才不会下雪的好吗！我是认真的，别那么惊讶。"

"那你也注意下你的言行，别让我觉得你在说着玩。"

说着说着，我就在她的带领下在这条街漫步。

"然后呢，今天拍完照以后，我想马上洗出来照片，几张就行。可以吗？"

"可以是可以，为什么？"

"想作为护身符带着。"

"要把拍自己的照片当作护身符？你也太自恋了吧。"

"才不是呢！是和你一起拍的照片。我说过的吧，想和你一起拍照！"

她忘记继续挂着平时脸上的笑容了，非常认真地对我说。

我不太懂她说的护身符是什么意思，但她难得如此认真，我也痛快答应了这个要求。

她要去的，是一处著名的观光景点。眼前是一片大海，周围是一片砖瓦建筑。正值夕阳西下，与海岸线相接的大海被映衬得美不胜收，是绝佳的拍照地点。

"你选的这个地方不错啊。"

"是吧？今天是工作日，人也不多，我觉得应该很适合拍照吧。"

"不过，每次见你都是在傍晚啊。"

"我们都是学生嘛，只能这样，放学后就差不多到这个时间段了。"

"说得也是。"

而且，夕阳还会把我的人像拍摄技术衬托得更好。虽然不能一直依赖着夕阳帮忙，但我告诉自己，刚开始拍人像，这是免不了的。

"那么先到处转转吧！"

"不拍照吗？"

"首先得从了解拍摄地点开始吧！"

我成了她伶牙俐齿的手下败将，最后我们还是好好逛了这个观光景点。建筑物里还有特产店和简餐店，一段时间过后我们也饿了，便决定边走边吃。现在则是在她的提议下，坐在长椅上稍微休息一下。

我平时基本不会做这些，现在单纯地有种理所当然的感觉。

"好像高中生一样。"

"我们不就是高中生吗！"

正如我所料，她吐槽得相当痛快。

"你一直都做这些事吗？"

"嗯，是的，和朋友有时间的时候就会做这些。"

"这样啊。"

她似乎每天都能过得如此充实，这再好不过了。今天请假没去上学，她一定觉得特别无聊，所以才想把我叫出来吧。

"然后呢，你最后就只是把我叫出来玩吗？"

她刚刚说话时那么认真，结果最后还是这样。难道在她的脑回路里，存在着"必须去玩"的程序吗？

"不是不是，是真的要好好拍照才把你叫出来的！"

"那就快点开拍吧。"

为了清楚地拍到她的表情，我想在太阳彻底沉下去之前完成拍摄，语气中不禁夹杂了些催促。

"说得也是啊！果然还是想在这个砖瓦建筑前拍照。"

"难得来一次呢！"

她向那栋作为拍照背景的建筑走去。

"啊，你再往里走一点，好让大海和建筑物都能入镜。"

"哦，这样不错啊。"

她立刻遵循我的指示行动。说起她的优点，能迅速把想法转化为行动就是其中之一。能迅速回应我的要求，对我拍摄来说非常有用。

"这样就好。"

我让她站在镜头能同时收进大海和建筑物的位置，举起相机拍了一张照片。

如同被夕阳"点燃"的大海、与西洋风味十足的砖瓦建筑，共同构成了一幅美不胜收的景色，几乎令人忘记这里是日本。而站在中间的她，也毫不逊色于周围美景，出色地担当了照片的主角。

说实话，真的很漂亮。当然，我没有说出口。

"感觉不错，继续保持。"

“嗯！”

她自己似乎也找到了感觉，没有了上次不好意思的样子，整个人自信满满。

经历过一次摄影后，她已经成长为落落大方的优秀模特了。我也不能落后，必须成为能配得上她的摄影师。我下定决心，一次次地不断按下快门。

我沉浸其中，几乎忘记了时间。忽然，我透过取景器，看到她以外的人物出现，还看到她朝着那人径直过去。

“嗯？”

我放下相机，一位老奶奶似乎没意识到这里在拍照，弯腰慢慢走过我俩之间。

“奶奶，您没事吧？”

“啊，对不起。”

她扶着老奶奶的腰，为了随时提供帮助走在她身旁。原来如此，阿垒以前提到过，她的一大优点就是像现在这样，向有困难的人伸出援手的性格啊。在我看来，这也是她的美。

我无意识间举起相机，将她的优点用有形的方式保留下来。我开始觉得，不管多美的照片，也许都不如现在这样日常感满满的照片有价值，也许这才更像她的风格。

“哎呀哎呀，你们是在约会吗？我打扰到你们了。”

“没有，我们没在约会，您别介意。”

是注意到相机背后传来的视线了吗？老奶奶注意到了我这边，朝我露出了一个和善的微笑。

"奶奶，可以一起拍张照片吗？"

我问道。老奶奶再次露出笑容，说："你们不介意我这么老就好。"

"喂，你也一起过来拍照，赶紧准备一下。"

"欸，我也一起吗？"

"没有你这个模特怎么行？"

她看着我和老奶奶对话，满脸惊讶。她一定很意外我会邀请老奶奶一起拍照吧，我自己也很惊讶。不过我的确真的很想拍下现在这个场景。

"来，茄子！"

我拜托附近的游客帮忙，给我和她还有老奶奶三个人一起拍了照。这也许是我第一张想"留下些什么"的照片，尽管并非由我按下快门。

那之后，她提出要帮老奶奶把行李带到目的地，不过老奶奶却误会了，说着"不想打扰你们约会"就离开了。她还说很感谢让她度过了愉快的时光，我也觉得幸好留下了照片。

"她说我们在约会。欸嘿嘿，我们看起来是这样的关系啊。"

"哎呀，年轻男女待在一起，看上去就像是情侣吧。"

"你真冷漠啊！"

"我只是在陈述事实。"

"哎，这倒也是。"

太阳几乎完全西沉，四周暗了下来。

不过，这里毕竟是观光景点，砖瓦建筑到了夜里又展现出不同的风情。灯光星星点点缀于其上，呈现出别样的观赏价值。我总觉得，在下了雪的冬天，这里看上去一定更美丽。

"你刚才为什么主动说出了想拍照？"

她问道，果然还是起了疑心。

"一开始不是你说的，想要和我一起拍的照片吗？"

"是这样没错，但我没想到你这么直截了当地答应了。我还以为那个瞬间你是不是有什么一定要拍下来的理由。"

"啊，你想知道这个啊。你刚才帮助老奶奶时的氛围感，我觉得很不错，就特别想拍下来，仅此而已。"

她似乎理解了我的答案，点了点头。

"我完全不了解摄影，但你肯定适合干人像拍摄。"

这句表扬非常纯粹。

"是吗？"

"嗯。想拍下某个瞬间，就立刻拿起相机的你，一定适合当摄影师的，我向你保证！"

她笑着说。

对一个拿着相机的摄影师来说，她的这句话，比摄影大师的提点更有意义。此前，我认为，摄影就是要拍下被万众喜爱的"美丽照片"。也许这个想法没错，但她的这句话却更加重要。

所谓相机，就是用来收藏想拍下的瞬间的，她又一次让我记起了这一基本但又不能忘记的初心。

"你说得不错啊。"

"哼哼，是吧？我也是，因为想看星星就去看了，所以有这样的信念很重要。"

"是啊，你说得没错。"

我诚实地点点头。尽管她的性格与我非常不同，但我想正因如此，她才能看到我看不到的东西。

"所以今后也请多多关照啦，摄影师先生！"

"彼此彼此。"

从现在开始，我和她的关系也许才算真正开始。

在那之后，由于周围光线变暗，不太容易拍照，这次拍摄就结束了。按照她最开始的要求，去附近的便利店把照片洗出来交给她。

"虽然不知道你要把它当作什么样的护身符，但还是洗出来了，给你。"

"谢谢！我又能继续努力了。"

果然还是不知道她要为了什么而努力。不过，要是能帮到她就最好了。

"该回去了。"

我想这是个解散的好时机。听我说完，她露出了一点寂寞的表情，点点头说了句"也是啊"。她那么有活力，也不擅长离别。这是她身上哀伤的一面，以前从未展露过的，她的第四种感情的颜色。

我想拍下她这个表情，忍不住想拿起相机，不过，她却先走一步迈上归途，我的愿望没能实现。

"我要先去接妈妈再回家，她正好就在这边上班。"

"是吗，这样啊。那就在这儿再见吧。"

我们挥挥手，在这里分别。我目送着她走向车站的小小背影，随后走向医院接母亲下班。

我在咨询台询问母亲的状况，得知她马上就要下班了，再等等就好。

我坐在柜台前的长椅上，没等多久，母亲就出现了。

"辉彦能来接我，真难得。怎么想到要来的？"

"刚好在这边有事，就想顺便过来接你。"

"哦？反正接妈妈是顺便的事？"

"别纠结这个啊。"

"哈哈，开玩笑的。你能来我很开心，谢谢你辉彦。"

尽管下班后满身疲惫，母亲还是给了我一个温柔的笑容，让我觉得偶尔这样也不错。

"咦？"

这时，我的视线里出现了一个意想不到的人。

那人穿着黑色短裤和白色 T 恤，打扮朴素。没有看到正脸所以还不能断定，但酷似刚刚无数次在取景器里看到的那套装扮。齐肩黑发和在异性中也显得高挑的身材，也与我记忆中的她相似。

"怎么了？"

注意到我身体一僵，妈妈出声让我回过神来。

"没什么，什么事都没有。"

她说她身体不舒服，难道是和我一起走了这么久，病情复发了？

下次见到她的时候去问问吧。我这样想着，和母亲一起踏上了归途。

然而，第二天，她也没来上学。不过昨天她也没来，总之她的身影没有在学校里出现。果然是昨天的拍摄，让她身体更不舒服了吗？

平时，教室里总能响起她的笑声。她没有来，让教室一下子恢复了寂静。我明明希望教室环境更安静些，为什么现在却比平时更心神不宁？

要是躺在床上的话，她一定闲得发慌了吧，那么应该会联系我。我这样想着，但结果并没有收到她的联络。

"早上好，妈妈。"

过了没有她的三天后，迎来了周六。今天是父亲的忌日，然而母亲似乎无论如何也无法平静地度过这一天。

"啊，早上好，辉彦。对不起啊，医院突然叫我过去，我先出去一下。"

母亲一大早就忙起来。从事人命关天的工作，这样的情况往往无法避免。明明今天是忌日，但母亲这份工作又让我为之骄傲。

"知道了。路上小心，我做饭等你回来。"

"谢谢，有这么能干的儿子，我好幸福。"

"好啦好啦，快点出发吧。"

像在背后推她一把那样，我目送母亲离开。临时紧急被叫过去，一定是病人出什么情况了吧。本应提心吊胆的事，母亲却能一直保持笑容。

为什么我这个不擅长笑的人，周围全是总能保持笑容的人呢。

哭泣时也一样，母亲总是把感情显而易见地写在脸上，可能和她是同类人。也许我也憧憬着她们能轻易做到这些吧。

"好，那么去买东西，然后做饭吧。"

客厅里只剩下我一个人自言自语。至少要在母亲回家时，说出那句温暖的"你回来啦"，准备好饭菜等着她。

……不过，最后我没在做饭上花费太多时间，剩下的时间也没能消磨掉。

此前和她一起吃饭时品尝到的味道让我深受感动，因此我多次反复尝试着重现那道汉堡肉料理。试着加入与平时不一样的调料，为了更容易受热调整肉饼的厚度，还把它做成了多种多样的形状。而且，为了让母亲回来时就能吃到刚出锅的肉，我把它做到了再煎一下就能出锅的状态。

做完这些，我无所事事，总之先在床上躺倒。

"总觉得……"

今天与我此前的日常生活并无不同，是安静平稳的一天。以前我会摆弄相机或读书，以自己喜欢的方式消磨时间，但现在却没有做这些的意思。

"啊……"

我发出一声叹息，这是今天第几次了。

我看向左手拿着的手机，反复确认她有没有和我联系。尽管我也没有主动联系她，等她的消息发过来也只是浪费时间，但不知为何还是很在意这件事。

这周她为什么没来上学呢？

她现在在做什么呢？

我为什么这么在意她呢？

如果今天不是普通的休息日，不是父亲的忌日，就会如约和这位同班同学见面。我又想到了她。

"绫部香织，织女星吗？"

她说她自己是织女星，是夏夜星空中闪亮的一等星。得益于以前在天文馆里学到的知识，我来到自己房间里的阳台，在大白天里寻找织女星。然而，完全看不到星星，与此同时，也完全没有收到她的信息。

我还有些时间，以消磨闲暇为由，忍不住开始决定调查织女星。

等我反应过来，发现自己好像睡着了。从窗外射进来的阳光给房间内染上了一层温暖的橘色。

一楼的客厅里传来了些微电视的声音。

"完了。"

彻底睡着了，明明还想在母亲回来时把饭菜做好呢！

"辉彦，起床了！"

我连忙走到客厅，看到母亲正在厨房里握着煎锅，她恐怕是稍早前就回来的吧。看她的样子，病人似乎没什么大事。

"妈妈，对不起，接下来我来做，你先去洗澡吧。"

"没关系，我饿了，先吃饭吧。"

"总之我会接着做的，妈妈去客厅里稍微休息休息，再等一下。"

"好——"

妈妈径直走进客厅，坐在沙发上，边休息边继续看以前播放的与病魔斗争的纪录片节目。

"不过做汉堡肉可真稀奇啊！"

"前阵子吃过一次，很好吃，而且爸爸也喜欢吃汉堡肉。"

"嗯……爸爸确实喜欢汉堡肉呢……不过对了，呃，你是和女朋友一起去吃的吗？"

提到父亲，明明应该很感伤的母亲，却突然换上了一副调笑的表情，开始调侃我。母亲是以她的方式在为我着想吧。

"别说了，不是啦。"

"哼哼，不过看这个样子应该也不是和阿垒一起去的，果然还是女孩子吧？"

"都说别提了。"

然后我突然意识到，母亲的性格与那个聒噪的同学有些相似之处。正因有这样的母亲，也许我才能做到和她正常相处。所以，和她说话也有种似曾相识的感觉。这就能明白了，为什么一开始就能和她毫不犹豫地说上话。

"然后呢，病人没事吧？"

"啊——嗯，我也不知道是不是没事，总之没有生命危险。"

"这样啊，那就好。"

"哎，是这样。不过果然年轻人得了病尤其让人难过啊。"

纪录片节目里播放着比我还小的重病患者。我也有患上大病的可能性，但看这种纪录片却总像是事不关己的旁观者。与此同时，我又觉得，大快朵颐汉堡肉的她，应该不会和这种事情扯上关系吧。母亲看着电视屏幕，叹了口气。

"那孩子总是勉强自己，真让人担心啊……最近好像过于努力了，香织她还好吗……"

——香织。

我没有漏下母亲说出的这个名字。不，也许听漏了反倒更好。

"……香织，是谁？"

我无意间脱口而出，心跳突然加速。

"哎呀，我把名字说出来了啊。你就当没听见吧。"

"所以，我在问，香织到底是谁！"

我被自己焦躁的声音震惊了。然而，在这个时间点听到和她相同的名字，我的内心也在动摇。

"辉彦？"

我忽然想起了和她一起度过的那些时光。

天文馆、购物、摄影会。

无论哪里，她的笑容都闪闪发光。

不应该这样，绝对不会这样。

我的视线转到了电视，屏幕里那个躺在病床上的女孩子，怎么看都不会像她。

太不真实了。

世上有那么多叫"香织"的人。然而，这万分之一的可能性我也不想赌。

一直笑容不断的她，不会有这种事的。

尽管如此，冷静分析后，我的心中还是敲响了警钟。

那场烟花大会上，她抬起头来欣赏烟花，侧颜浮现着哀愁。

她不喜欢离别，脸上露出了哀伤的表情。

我又想到，虽然是她一直带我到处乱逛，但每次提出要休息一下的也都是她。

上课时也在睡觉，也许她在下课前就已经累了，但平时一直严厉的老师对她上课打盹儿也"视而不见"，可能是已经知道了她的状况吧。

这周没来上学，以及比起护身符更想要照片。

这些细碎的日常，如果放在"她患了病"这一前提之下，便都说得通了。

而且更重要的是在上次拍摄过后，我等待母亲下班时，看到了酷似她的背影。如果那真的是我记忆中的她的话……

"妈妈，那个人的全名，告诉我。"

我希望她说出的是别人的名字。

我祈求那是个别的名字。

我不想思考这种事。

我不想听。

我不想知道。

但必须知道。

我努力控制住想塞住耳朵的手，等待母亲的答案。

"……绫部香织。"

母亲一脸苦涩，说出了这个名字。刚刚一直狂跳的心脏，好像静止了一瞬。

"……"

我不想相信，打心里不想相信。

她是我的模特，我是她的摄影师。我好不容易才有了拿起相机的自觉。

她所说的话，好不容易让我明白了该为什么拍照。

明明才开始觉得，和她待在一起很开心。

不想，相信。

而现实如此残酷。

好像要我一定接受现实一样，感觉有股沉重的力量直接压向内心深处。

"……她得了什么病？"

"不管对谁，都不能透露病人的信息，就算是儿子也一样。"

然而，母亲苦涩的表情，透露出她的病绝对不是什么小病。

我条件反射般停下手中的工作，从客厅里跑了出去。

我什么都不想思考。然而，每次不想思考的时候，她的笑容就会浮现在我的脑海里，把我拉回现实。

当我做好就寝准备躺在床上时，忽然注意到，她终于发来了我等了一整天的消息。

"哈喽！你在等我联系你吗？是吧？我猜你差不多该想我了，就来联系你了！你今天是和家里人一起过的吧？这一天过得还好吗？因为你的错，我今天可是闲了一整天，你得好好补偿我哟！"

我无法回复。

不知道回复什么才好，而且一想到她这条"一如既往"的信息，其实是在接受了一天治疗后发的，我就无法接受现实。

父亲受病人及其亲属所托而拍照，其中有不少患了重病、知道自己大限将至的人。然而，父亲拍下的人，脸上都是笑容。为什么父亲就能在病房里按下快门呢？我完全不觉得自己也能做到。

明明用着和父亲一样的相机，却完全无法理解父亲。

今后我要怎么面对她呢？

我要怎样为她拍照才好？

说到底，我要拍下她的什么呢？

反复思考，也得不出任何答案。

第
三
章

　　第二天到校后，她已经坐在自己的位置上，若无其事地和周围的朋友们聊天了。开朗谈笑的她，看起来却让我有种非常不同的感觉。她看到我后，直接走到了我这边。

　　"天野同学，方便谈谈吗？"

　　因为我单方面知道了她的秘密，所以比谁都更不想见到她。她却毫无体谅他人心情之意。那一如既往的样子，现在看来却很让人难受。

　　我被她带到空无一人的教室，这里只有我们两个人。我虽然不了解详情，但从母亲苦涩的表情，也能看出她患了重病。一思及此，我不知该说什么好。

"为什么昨天不回复我？"

"对不起……"

"真是的，我一直在等你回信呢！"

她看起来还和往常一样，自然得甚至让我觉得，昨天从母亲那里听到的事是在做梦。

"你啊，为什么一直笑着呢？"

得知她生病后，我越来越搞不懂她一直笑着的意义了。

"那是因为一直都很开心啊！"

她说着"开心"，也笑得很开心，就像理所当然一样。

她患了病难道果然只是我的错觉吗？我装成若无其事的样子，用开朗的声线问她。

"你生了病，还好吗？"

对于这个问题，我希望她能说"什么啊这是？"来否定我。然而，她依然保持着笑容，有些困惑地回答。

"……啊，你知道了啊。"

直到现在，她还依然不放弃保持笑容。不，那僵硬而不自然的表情，真的能叫作笑容吗？

"没事没事，你别在意。"

"真的没事？"

"……马上要上课了，放学后来天台。今天社团活动就别去了，我想和你好好谈谈！"

她说话的样子，看上去还和往常一样无忧无虑。

我的思绪一整天都被困在她的事上。再次见面时，我该说些什么好呢？她要对我说的，会是什么呢？我的脑海里，一直盘旋着这些没有答案的问题。然后，等我回过神来，校内已经敲响了宣布一天课程结束的铃声。

按照她的指示，我拖着沉重的步子走向天台。我来到最高的楼层，打开通往禁止通行的天台大门。

和往常一样，她仰望着天空，身后是夕阳，让我想起了第一次被叫到这里的场景。

而那次见面却让现在的我觉得像是很久以前发生的事。之所以会这样，是因为我和她之间的关系发生了很大变化吧。恐怕是我无意间知道了她的重大秘密，才向她走得越来越近。

"今天的星星看上去也在笑着吗？"

"不，今天看上去有点悲伤，无精打采的。"

"这样啊。"

我们有一搭没一搭地聊着。现在的我们，是在试图表演出平时模样的差劲演员。

"那你要说的是……"

"当然是生病的事。"

那么接下来，就是与平时轻快的聊天截然不同的话题了。

"我想让你了解我，所以希望你能听我说完。"

我没法迅速答应她。接下来她要讲的，一定是我不想听的，也不是能让我听的内容。

然而。

"好，我听着。"

沉默了许久过后，我答应了她。

就算不想听，也必须听。我碰到了她不能被触及的部分，所以有听她说话的义务。

不管听不听，我都一定会后悔。我说服自己，现在就向她的座右铭学习，与其不做而后悔，不如做了再后悔。

对于我的回答，她有些惊讶，不过很快恢复了表情。

"谢谢。"

停顿一会儿后，她开始淡淡地娓娓道来。

"我生了病。简单来说，是血液上的病。"

从她嘴里说出的话，怎么都不像她本人。我至今都难以置信，不，不对，是不想相信。

"我的血液啊，不能好好工作了。"

"……"

"必须做骨髓移植。"

我不敢相信从她口中说出的事实，但只能相信她。

"但是呢，医生说一直找不到能匹配到我的骨髓，如果一直这样下去，就活不长了。"

我的心脏像被贯穿一般，受到了巨大冲击。

"活不长了"，这就是她面对的现实。

那是我最不愿去考虑的一种可能。尽管从妈妈的表情就能察觉些许，但她的病情一直没有康复更让我难过。

"你以前一直笑着来烦我，这样的你，竟然……"

"不信？但这就是现在真实的我。"

她直截了当地说。就像在说，这就是事实，你接受吧。

接下来，她继续淡淡讲述。

有一天她受了轻伤，但不知为何，流血一直无法止住。

正是那次，让她的病得以被发现。

从那以后，她总是往医院跑，也总是上学请假。

知道了自己时日不多，于是决定随心所欲。

"我接受了自身面对的现实，决定要随心所欲地活到最后。"

"所以，你才会说竭尽全力地活在当下……"

"是啊。我要在死亡之前做出些什么，所以才不管会不会给人添麻烦，只顾一往直前。"

"原来是这样啊。"

她说话的声线从未低沉下来。那是因为，她似乎真的已经接受了自己的命运。

与我同龄的女孩子，却有着如此豁达的生死观。这个事实令人悲伤。

"然后，接下来呢"，她继续说着，声音反倒听起来更开心了。

"那个时候，就发现了你！"

"什么？"

她的声音、手指、视线都转向了我，不禁令我讶异。

"还记得吧？那次下雨天里的烟花大会，你拿着相机冲着我的时候。"

我当然记得，现在还清楚地记得。可以说，我正因为想拍下那个瞬间，才成了她的摄影师。

"那时的你，真的好厉害。你认真盯着相机拍照的样子真的很帅，在我看来你在闪闪发光啊！你那个时候那么认真，让我很好奇，你透过相机到底看到了什么，看到了怎样的世界。等我回过神来，已经和你搭上话了。"

"说是搭话，感觉可能更像是威胁。"她有些抱歉地说。

"所以我才会请你来当摄影师，这就是非你不可的理由。因为我记得你之前说过，除了你之外还有更多更合适的人什么的。"

她竟然还记得这个啊，我掩饰不住惊讶。

所以我也讲了那时我的想法。

"我也是，那个时候，忍不住特别想给你拍照，所以我接受了你让我当摄影师的理由。这次我还想拍出那天的你的样子。"

不过，我接着说。

这可能是第一次，由我来转移我们之间的话题。

"我没法拍你生病的样子。"

"嗯。"

她淡淡一笑，点了点头。

"对不起。"

"没关系。"

她似乎理解了所有，又点点头。

无论如何，我都还没做好拍摄生病之人的心理准备。

她也没有责怪这样的我。

我想到了受病人所托、一直为他们拍照的父亲。

我在父亲去世前见他最后一面时，收到了他惯用的那台相机。

他说："妈妈可能会反对，但辉彦一定能拍出最好的照片。"

虽然已经无法得知父亲所说的最好的照片到底是什么了，但我依然抱着追求到底的心情，不断按下快门至今。

拍摄她的那些照片，归根结底也还是有这种心情存在。

对于追求至今的最好的照片到底是什么，她却为我揭开了谜底的部分面纱。

父亲曾说过，让站在镜头前的拍摄对象露出笑容很难。而在这一点上，她却能时刻保持笑容，让我不用为此顾虑，但最根本的问题不是这个。

父亲不是为了收集笑容才拍照的，他拍照的意义一定是为了让人们露出笑容。对父亲来说，相机也许只是为了让人们开心起来的方法之一。

就像那个让我开始摄影生涯的女孩子一样，父亲想对我说的，一定是拿起相机，用相机来让人们露出笑容吧。

从和她的关系之中，我学到了这一点。她所说的"想拍摄的瞬间"，一定就是这么回事。

我要拍的照片，不是病魔缠身强撑自己的笑容，而是面对镜头时发自内心的笑。这是作为她的摄影师，必须做到的事。

她露出笑容是因为接受了生病的事实。我要拍的不是这个，是她发自内心的笑。

父亲一直用这台相机所做的，就是这件事。

我能做到吗？

我没有自信，但唯独不想放弃。

"辉彦，出了什么事了吗？"

第二天放学后，我正准备去参加社团活动，阿垒突然叫住了我。

"什么事？什么什么事？"

"绫部昨天一个人哭了，就在放学后。"

"……"

今天的她，看起来一如既往，就像不久之前那样正常，和朋友们笑闹着。

"偶然在教室里见到了她。她没有告诉我她为什么哭了，不过辉彦，你应该知道点什么吧？"

"那是因为……"

"不管是什么理由，让女人哭的男人都是最差劲的，这一点辉彦你应该清楚吧？"

"……"

"那你就该好好思考一下，你应该做的到底是什么。有三个重点：你是怎么看待对方的？你希望被对方怎么看待？还有应该怎么做才能让对方这样看你？这三点，不能有任何妥协。"

"……对我来说太难了。"

"是吗？那我就给你示范一下看看。结业典礼那天放学，给我留在教室里。"

阿垒甩下这句话，就往教室外面走了。

我到底想做什么？想被她怎样看待？

这样的问题，比起英语语法和数学公式都难得太多。

为了找出这些问题的答案，我给自己设了一段缓冲时间，就是阿垒指定日期前的三天。就算是我最不擅长的数学问题，也从没有为之烦恼超过三天。如上所述，我面对的是至今为止最难的问题。

"香织问了我很多事情。"

母亲严肃地对我说，声线是从未有过的认真。

"你好像是在给香织拍照吧。要是不知道她生病也没什么，但现在，辉彦你和你爸爸要做的，是同一件事啊。"

"嗯，我知道。"

"我是你妈妈，不能再眼睁睁看你继续拍下去了。我不想连你都失去了。"

"嗯……"

母亲的担忧不无道理。父亲生病去世了，原因就是精神上的衰弱引起的，那是由于一直在生死攸关的地方拍照让心灵生病了。

可以说，父亲的直接死因，就在我现在手上这台相机上。就是那件事，让母亲开始厌恶相机，也无法赞同我的行为。

"不过呢，我是那个人的妻子，也是你妈妈，不想让你后悔。"

然而，母亲从未说过要我放弃拍照。一直支持着我继续拿起相机的，也是母亲。

"因为我一直看着你爸爸，我知道他是抱着什么样的心情去拍照的。那是让我打心里敬佩的精神，我了解他做好的觉悟，才被他吸引住的。一开始是你爸爸先追我的，回过神来却发现我反倒陷得更深。"

她又恢复了平时的样子，收起了少见的严肃表情，开始讲些轻松的话题。

"哎，总之站在母亲的立场上，看着儿子能继承我如此尊敬的丈夫遗志，没有比这更让我欣慰的了。"

"是吗？"

坦率道谢有点羞耻，所以我的回答有些冷淡，但母亲的话语一直都是我的动力。

也许，父亲正是遇到了能这样在背后推着前进的人，才能一直把拍照坚持下去。

"辉彦，香织一直在等你。"

"等我？"

"香织在和我讲起你的时候哭了，说了好几次'天野同学'。不管要吃多少药，面对多痛苦的治疗，被说多少次活不长了的时候，香织都没有哭，可是她提到你的时候却哭了。我第一次看到她哭成这个样子，我猜一定是辉彦把她弄哭的。"

我把她弄哭了，阿垒也这么说。

"……"

"把女孩子弄哭了，作为一个男人就该好好弥补。你爸爸在这一点上做得很好，非常帅气。"

"别把我和他混为一谈。"

把我和那个伟大的、我憧憬的父亲放在一起对比，对我来说，是太沉重的负担。

"而且我还想过，如果你一开始就知道香织患病的事，也还是会给她拍照。"

"那是因为……"

我无法否认。答应做她的摄影师，是我自己决定的事。我不想放弃，而且我还想拍到，她教会我的"最好的照片"。

"爸爸给病人拍照，是想让那人开心，是想让病人们在为因患病而不自由的生活所困时，也能乐观面对，才拍下的这些照片。"

母亲一脸哀伤地回忆着当时。

"病人们都说，拍照时必须得有精神一点，有人因此病情好转，甚至有人活得比医生的宣判长得多。爸爸拍的照片，现在想来，已经成了病人们活下去的希望。予人希望，也让我非常骄傲。"

活下去的希望。父亲拍照时给病人带去的，是如此巨大的东西。我一直认为他很伟大，却不知他伟大至此。

我也能做到吗？能带给她活下去的希望吗？

果然，和父亲相比，我不过是个微不足道的小摄影师，我对自己有自知之明。

即便如此。

即便如此，如果我能为她做些什么。

如果能为她拍下最好的照片——

"谢谢你，妈妈。"

"没什么没什么，客气了。"

我还是敌不过家人。

我得出了自己的答案。不如说，也许早已在心里做好了决定。不过，认识到这是我自己做出的决定后，至今压在心里的沉重包袱，似乎也随之消失了。

这就是觉悟，是一直被动生活至今的我，拼尽全力做出的觉悟——

无聊至极的结业典礼后，班会结束，我们可以在中午之前回家了。同学们踏着轻快的脚步走出教室，只有我一个人坐在座位上，盯着时钟。

叫我留在这里的阿垒却不见踪影。我不知道该做什么好，只好边看书边等他。

我沉浸在书中，几乎忘了时间。读了大概一半后，周围的声音终于让我的目光离开书本。那也许是因为我最近总能听到她的声音，这个声音和她很像，才不由自主地做出反应。

"怎么了？你要说什么？"

然而，她的声线并不是我所熟知的那样天真无邪，而是带了强烈的戒备。

那是从教室门的另一边，走廊方向传来的。

"绫部啊，你有喜欢的人吗？"

在她说完后随之而来的，也是我熟悉的声音。

……阿垒把我叫出来，却在和她说话。

阿垒异性缘很好，我和他从小玩到大，这么长时间当然明白这一点。实际上，他说的话都很有深意，也正因如此，我才能面对父亲的去世。可以说，这样的阿垒不管是作为一个人，还是一个男人，都理所当然值得尊敬。

"为什么要问这个？"

"想在讲重要的事之前问清楚。"

"……没有啊。"

"这样啊。"

然而，我至今却从未从阿垒嘴里听到过恋爱的事。不仅如此，喜欢的偶像和女演员、高中男生常聊的下流话题之类的，也从未听他说过。阿垒竟然会主动提起这种话题，让我十分震惊。

"那你要说的事是？"

"……啊。"

紧张的氛围也感染到了我这边。

平时冷静沉着的阿垒，此刻声音有些嘶哑，讲话时也磕磕巴巴的。

阿垒如此反常，应该是因为紧张。这种感情不适合在他身上出现。然而，他也一定有如此紧张的理由。

我想起来了，以前阿垒曾用"有意思"这个词来形容她。那时，我也能感受到他对她的感情。

"我喜欢绫部同学，是作为异性的喜欢，所以……请和我交往。"

"……"

我屏住了呼吸。听到这句话的她，也许也是同样的反应。

刚才看的小说里也有同样的场面，是一个男性向有好感的女性表白的场景。

仅仅一墙之隔的另一边，应该正上演着从故事中抽出的一部分情节。有句话说，现实比小说更离奇，但比起小说中主人公倾尽所有的求爱，阿垒简洁精练的爱的告白却显得更加浪漫帅气。

然而，这里毕竟是现实，她的回答毫不留情。

"……对不起。"

我认为，如果一个女人拒绝了阿垒的告白，那么一百个女人都会因此开心。然而，阿垒似乎运气不好，她正是那一个拒绝了他的人。正当我事不关己地分析着，他们两人的对话却往我意想不到的方向发展了。

"也是啊。"

"对不起。有田同学你人很好，很绅士，很受欢迎，这些我都了解，但我无法回应你的心意。"

"……是因为辉彦吗？"

我突然心脏狂跳。

为什么会出现我的名字……？

"那是……"

"哎，辉彦也是个好人，一开始看不出来你俩适配，但和辉彦的话一定会顺利的。你和他待在一起开心吗？"

"那当然了！……不是，我和他不是那种关系。先别说我了，他对我应该没什么想法吧。"

"谁知道呢。"

"只是，我只是想和他在一起……"

"好像是这样的，辉彦。"

阿垒说着，一下子打开了教室的门。

"欸……"

"欸……"

大门打开，我的存在彻底暴露在了她面前。

我有很多话想和她说，但在意想不到的时机和她面对面，我一下子不知道该做出什么表情，说些什么话好，毕竟我和她在天台上，已经彻底划清界限了。

她呆呆地盯着我，过了一会儿，她脸上泛起了红晕，就算离得远也能看得一清二楚。

"我输了，一败涂地。辉彦，接下来就是你的回合了。"

"阿垒，你就是为了这个把我叫来的？"

他冲我眨了眨眼，真是个不管怎样都能耍帅的男人。

"不过啊，我也是认真的。我对其他女人没兴趣，开学典礼那天开始就一直暗恋着绫部了。所以辉彦，要是你露出了什么破绽，我会马上把她抢过来的。"

阿垒说完就转过身去。

"等等，阿垒！"

"啊，我不想听你说话。胜利者的大放厥词，我一点都不想听。赶紧闭嘴，做你现在该做的事吧！"

就像已经做完了所有该做的事一样，阿垒走下楼梯，真的回去了。

最终，只有我和她留在原地。到了下午，校内照明几乎都被关掉，只剩下外面的阳光照进室内。

她低着头，惴惴不安地揣着手。

我拼命在脑中搜索该说些什么好，却怎么也找不到。在我的词典里，还没有能准确形容当下状况的词语。

周围安静得能听到水龙头滴下的水声。而打破这一沉默的，是她。

"哎，哎呀，我们被留下了呢。"

"是啊。"

"他这人胆子真大。我一直以为他是个冷淡的人，这回被吓到了。"

"我也被他吓到了。"

实际上，这也是我第一次见到变得如此热血的阿垒。

"那我们回去吧！好不容易学校早放学一次！"

努力装作开朗的她，果然是在演平时的自己。

"不，等等，我也对你有话说。"

母亲已经在背后向前推了我一把，阿垒也为我做到了这个地步，我已经没有逃避的余地了。

不管是为了回报这两个人，还是为了不让自己的决心白费，我都必须好好面对她。

"欸，什么？！你也要和我告白吗？啊哈哈哈……"

"嗯，也许应该可以说是告白吧。"

"……什么？"

"我决定了。"

"……决定什么？"

"我要继续给你拍照。"

下定决心后，竟然顺畅地从我口中说了出来。

"啊哈哈……怎么了？你不是说，没法给病人拍照吗？"

"拜你所赐，我意识到了很多东西。拍照的意义，也是你教给我的。"

"而且，"我继续讲，"我想拍出最好的照片。照片里不是你接受患病事实的笑，而是你发自内心的笑，我想拍这样的照片。"

"这样啊……"

"你不喜欢吗？"

她的神情有些迷惘。

"……给我拍照，你真的知道这意味着什么吗？"

"我知道。"

她想说的，应该是"我没有未来，拍我也不过徒增伤悲"吧。不过，我不介意。我越思考，决心就越坚定。

"那是为什么？"

"因为我爸爸做了同样的事，所以你放心，交给我就好。"

"不是，我问的不是这个。我要问的是，你的心情是怎样的？"

"我想给你拍照。"

"……"

"硬要说的话，这份心情，可能从那次烟花大会那天就有了。我想为你拍照。你的笑容、你的喜怒哀乐、你的所有心情，我都想亲手收藏起来。我这样想，是因为和你一起的时光非常开心。"

开心，那是我终于意识到的感情。我鲜与人交往，因此缺乏这种心情。不过，在和她的关系中，我第一次实际感受到了这种感情。

那些时光里，我焦急地等待着她的联络，见不到她的时候会感到寂寞。我正是遇到了她才有所改变。

现在，我只想亲手为她拍照。

"我要为你拍照。不管是多么有人气的模特，还是多么漂亮的女演员，你比所有人都更加闪耀。我想拍的，就是这样的你。"

这就是我现在的全部心情。

"我可没有这么闪耀啊，我不是那样优秀的人。"

"不，你是。因为你，是夏夜星空中闪耀的织女星啊！"

"……是吗，我是织女星啊？"

"是的啊。"

不知道她下定了什么决心，看出了什么端倪，平日里的笑容覆盖了此前的困惑表情，让我不禁觉得她是不是会变脸。

知道她笑容背后藏了什么的人一定很少，就算是我，也几乎一无所知。我只知道，她的体内，寄生着慢慢蚕食她生命的病魔。我要拍的，就是这样一位女孩子。

我要面对的，是生了病的她。她把所有秘密藏在自己心里，而以笑容示人。我必须以坚强的意志，面对这样的她。

"那么，我再次任命你，做我的摄影师！"

"荣幸之至。"

她得意扬扬地抬起头。不过，她瞬间收起这副表情，罕见认真地对我说。

"不过呢，要给我拍照是有条件的。三个条件，要是接受不了，就真的不行。"

"条件？好啊，你说说看。"

我心里想着什么条件啊，疑问脱口而出。

"首先第一个，知道我生病的人没几个，至少同学们当中没有知道的，绝对不能对其他人讲这件事。"

"嗯，那当然。没有外传的理由，也没有人可说。"

"就算是阿垒也不能和他说。你能说的，也就只有智子女士。"

智子是我的母亲，也是负责她的护士。原来如此，我能讲起她的事的，必然只有母亲了。

"知道了，我只和妈妈说。第二个条件呢？"

"嗯，第二个就是，如果我死了，不要为我悲伤，不许为我哭。比起为我感到悲伤，我更希望你能把我忘掉。"

她说得斩钉截铁，让人感受到她的坚强意志。

"……为什么？"

然而，这不像大多数看破生死的人会有的想法。一般来说，人们不是都会希望别人不要忘记自己，想活在他人心中吗？至少站在和我一样的立场上，是说不出她这番话的。

"大家不是常说，要继续活在人们心中吗？我不希望这样。我想让大家也能像我一样多笑一笑，所以决不允许为我悲伤。可以哭的，只有养育我至今的爸爸妈妈。我对哥哥也说过，不许为我哭。"

"这像是你会干出来的事啊。我明白了，会妥善处理的。"

原来如此，我点点头。

这就是一直保持笑容的她。她一定也希望周围的人一直开心吧。

"嗯，谢谢你。而且，如果我一直活在你心里的话，你没什么主见，肯定也会觉得很困扰吧。"

"确实，你的个人主张过于强烈，要是一直活在我心里，我的身体也会受不了，被你抢走。你要是死了，我会先去考虑驱邪的。"

"啊哈哈哈哈，这个想法不错！到时候你一定要去驱邪啊！"

还能像现在这样继续聊天，我真的很开心。

与此同时，我又有机会给她拍照了，把精力都集中到照片上。

"那最后的第三个条件呢？"

"啊，对了对了，到第三个了。这是给你开出的条件。"

"什么意思？给我开出的条件？"

"刚才说过的前两个条件，对所有知道我生病的人都说过，第三个是专门针对你的。"

"那是？"

"哼哼。"

她脸上浮现出与平时笑口常开不同的浅笑，让我不由得觉得，可能还是不听为好。

似乎能听到一般，她露出了一个坏笑。

"听清楚了，不要喜欢上我啊。"

仿佛是为了试探我的恶作剧。

"很早之前就感觉到了……"

"不！我只是有一点点自我意识过剩而已！不，是自我意识很强，还没到过剩的地步！至少我从来没觉得你喜欢我！"

她语速极快，像在找借口开脱一样。

"只是特地提醒你而已。喜欢上我了，就一定会为我悲伤难过，所以这样不行。我和你的关系，最多只能是模特与摄影师而已。"

她极为严肃认真地说。看得出来，她绝没有嘲笑我的意思。

"有点自我意识过剩，你还是有自知之明的嘛。不过没关系，我和你的关系就是摄影师和模特，不会更多或更少。"

得到我的同意后，她说了声"谢谢"，放心地松了口气。

我再次意识到她的本性，不想因自己的死让人难过的，总是笑着的本性。

"那今天就到此为止了！其实我得快点去医院了，稍微迟到一点就会让大家特别担心，来学校上学也是软磨硬泡了好久才行的。"

"是这样啊。"

她正在面对的，是一般来说没法上学的重病。而我甚至连"来上学没关系吗"这样的问题，都纠结着问不出口。

"我也想带你一起去，但肯定会碰上我爸妈。我倒是没关系，你应该不愿意吧？"

"嗯，也是，还是先别这样吧。"

因为很担心她，所以想过要不要陪她一起过去。不过，和同学，还是女生的父母见面，我的人生经验还不足以支撑这些。

"也对。那咱们解散吧！你要诚心诚意等我联系你哟！"

"嗯，已经放暑假了，除了打工兼职的日子之外，随时都可以联系我。"

"啊，这样啊，你还在打工兼职啊，还在送比萨吧？"

她敲敲自己的膝盖，又在讲那天的无聊谐音梗，一点都没有长进。

"我也回去了，再见。"

我没理她，径直走向出口，只听她在背后快乐地喊着："别无视我啊！"

回家后，我一边等母亲回来一边做家务，结束了这些日常工作后，我开始保养相机。最后，在洗掉一身汗水离开浴室后，我收到了她宣言一般的消息。

消息里她活泼开朗一如既往但也交织着为病情所困的复杂心情，让我不知如何回复是好。

"今天谢谢你。不过，既然你已经成为我的摄影师了，就得好好努力工作了！明天就开始拍摄吧！早上 8 点在车站前集合，拍摄地点我已经定好了。我没有多余时间了，你可必须来哟！"

——没有多余时间了。她写下的这些话，到底是为了讲出实情，还是要让我困扰？或许两者皆有吧。

既然决定面对时日无多的她，我不能再逃避。我必须在她剩下的时间里，拍出最好的一张照片。

想着想着，她没有等到我的回复，又发来了一条消息。

"啊！还有，要是可以的话希望你能骑摩托车过来！因为我想看！"

　　说起来，之前她对我的摩托车非常好奇。如果有兴趣的话倒是没问题，我回复了"了解"后就钻进了被窝。

　　思及此，我和她扯上关系后，就彻底放弃了平稳的日常生活。然而，更重要的是，我现在能畅想未来，也是因为期待和她一起度过今后的时光吧。

　　这是以前的我根本无法想象到的事。想着想着，我陷入了浅眠。

第
四
章

　　她解释说，与医生带给她抗争病魔的现实不同，她希望我拍
摄的照片，能呈现出她笑对日常的现实。

　　所以，我真正必须做的，就是让她露出发自内心的笑容，就
像父亲生前所做的那样。换句话说，这也是给人带去生的希望。

　　我明白这一点，但苦苦寻不到实现它的方法。

　　这又是个头痛的问题。

　　我想，姑且需要先了解一下她得了什么病，一大早就开始在
网上搜索那种病的相关资料。因为在一起相处时，万一发生什么情
况，很可能只有我才能处理。

　　"辉彦，今天起得真早啊。"

"啊，因为有点事。"

母亲又开始看那个抗争病魔纪录片节目了。屏幕里那个躺在病床上的女孩子看上去非常虚弱。之前还认为我和她与电视上的人处在不同世界，现在却再次意识到，这样的事并非与我无关。

"是和香织吧？"

"嗯，是的。"

"呵呵，你们玩得开心点，别担心晚饭。"

"真的可以吗？"

"真的可以。毕竟是香织，她一定会带你到处乱转的，我晚饭随便弄点就好。"

看着愉悦笑着的母亲，我不知为何忽然觉得她似乎隐瞒着些什么，有种不祥的预感。最后，我决定装作没看到，走向家门口。

"那我出发了。"

"路上小心，注意安全。"

母亲说着，眼睛依然盯着电视，而我走出了家门。

按照她的要求，我骑着摩托车去往会合地点，视线却捕捉到了一位可疑人士。

那是暑假第一天的上午九点。还没放假的大学生和社会人在车站前来来往往，都像是要避开那位明显不一样的怪人，急匆匆地走着。

"早啊！"

我到达会合地点后，那位可疑人士兴冲冲地冲我打招呼。

"早。"

那位可疑人士正是她。她戴着安全帽，穿着不像盛夏衣服的长袖长裤，背着大大的背包。今天她的自行车没被哥哥骑走，所以能准时赶来了。

"怎么样，这一身？"

"你这个样子，是要干什么？"

她的一身穿搭集中了各种离谱，还能挺胸抬头大大方方地叉开腿，站得像门神一样。

"我觉得应该可以吧，有点机车骑手的感觉。怎么样，适合我吗？"

"嗯，你已经是个实打实的可疑人物了。"

"果然看着还是很可疑啊！"

看来她总算知道了这身装扮有多奇怪。我原本还想问她为什么不换下这身衣服，但她应该是听不进去这番说教吧。

"我发现周围所有人都绕着我走，就觉得是不是我这身太奇怪了，果然是这样啊！"

"应该不会有人喜欢这样的打扮吧。"

"但我明白了摩西的心情。"

"啊，'摩西十诫'的那个摩西吗？"

"对对对，摩西分开了红海，而我分开了人海！"

"没想到你能说出这么有学问的话呢。"

"……你啊，偶尔说话时好像把我当傻子一样。"

"你竟然偶尔才发现，可能真是个傻子。"

不知她是大大咧咧还是真的傻，听我这么说，还能毫不在意地笑出来。让我觉得，并非因为对话内容有趣，而是为当下能活着聊天而开心才笑的吧。她笑容的根源，就在于她自身患病的现实。

"那我们走吧。"

"今天打算去哪儿？还有你这身的意义在哪里？不会真的只是为了吓我一跳才穿的吧？"

"安全帽当然是为了在骑车的时候戴着。衣服是为了防晒，穿长袖去那里比较方便。背这么大的包，是因为光把必需品装进去，就已经变成这样了。"

"你是要从避暑地去雪国吗？这个季节，穿过了隧道也不会到雪国啊。"

"嗯？你在说什么？"

果然她对文学没什么了解。不，要是她真的开始说出日本文豪的那些话题，才更让我震惊。

"那么，你到底要去哪里？"

"哎呀呀，到了之后你就知道了，好好期待一下吧。你的行李我也都准备好了，别担心。"

"那还真是谢谢你了，我们要走那么远吗？"

"行啦！我会导航带路的，总之快点骑起你的摩托车，出发吧！"

话音刚落，她就跨上了我的摩托车后座，完全不顾周围眼光，高兴地大喊："准备出发！"

"不行不行，这种车上不能同时坐两个人，要过去的话还是坐电车吧。"

"什么？本来好想试着骑一下呢！"

"不行就是不行。安全帽先放在我的车上吧。"

我把车停进停车场，拉着她的手走向检票口。不知何时起双方立场互换，让我不禁苦笑。

那天她给我的交通卡里余额还剩不少。她自己好像也想起来了，说着"也对，卡里的钱得用完"，同意坐电车出发了。

"好——吃——"

听她发出感叹，我不由得叹了口气。

这是怎么回事？我们不光去到了别的县，甚至到了更远的地方。

我们现在换乘电车和公交，来到了一处盛产水果的农园。这里的风景与都市大不相同，海拔很高，站在这里甚至能远眺到大海。明明仍是盛夏，但受大自然的环绕所赐，这里让人感受到了凉爽和舒适。

我瞥了眼正大口品尝特产葡萄和桃子的她，拿出手机确定现在所处的位置。

"你也吃啊！好不容易来一次！"

"不，我先了解下现在的位置，然后把接下来的计划——"

为了堵住我接下来要说的话，我的嘴里被塞进了一个甜甜的东西。

"别说了，快吃。吃东西的时候看手机，很没礼貌啊。"

"那还真是对不起……真的，这是什么，好好吃。"

她塞给我的，是一颗晴王麝香葡萄，每咬一口，都会在口中留下甜美的余韵。果肉鲜嫩多汁，优雅高级的甘甜瞬间征服了我的味蕾。

"是吧？！这个也好吃。"

接下来，巨峰葡萄、麝香葡萄也摆在我眼前，一粒粒果实如宝石般闪耀。

看上去漂亮得像紫水晶和翡翠一般的果实，一颗接一颗地被她扔进嘴里。那幸福的表情，激发了我的拍摄欲望。

趁着空当，我品尝水果的同时，拿起了相机。

"不要在意我，你好好吃就行。"

"这很难继续吃啊！"

虽然这样说，她的嘴里仍塞满了水果。

她每吃一颗葡萄，照片就多了一张。

回过神来才发现，她幸福的表情，也让我露出了更多笑容。

中间，我的相机被她抢走，她拍下了我吃水果时的样子，还把店员也拉过来一起拍了照片。不知不觉中，买的葡萄就全都吃光了。

"好，我们走吧。"

"咦，还有要去的地方吗？"

"当然，不如说，现在到这里只是来休息一下，离目的地还有很长距离呢。"

看她的意思，似乎要去离城市更远的地方。然而，这样回家就太晚了。母亲虽说不用担心家里，但还是早点回家为好，而且我不想让她离开医院太远。

她平日里的气势容易让人忘记她患病的事，而我既然和她共同度过这段时间，就不能无视这一点。

"虽然我很在意你的目的地到底是哪里，也想带你去，但差不多该回去了，再不回就太晚了。你家里人和医护人员也会担心的吧？"

"也对，他们确实会担心。不过，每天活得那么拘束，想做的事也不能做，到死之时就会留下遗憾，所以偶尔放纵一下没关系。而且你也是我的'同伙'，让让我，别责怪我。"

从她的话中，我隐隐感受到了她难得一见的感情。

那个任性自我的她，我看到现在已经看得够多了，而她的撒娇却是第一次见。我不知道这是因为她放松了戒备，还是因为我是少数知道她生病的人之一。

"因为你是我的摄影师，所以带我去适合我拍照的地方，给我拍好看的照片，再正常不过了。"

"但你不提前和家里通知一声也不太好吧，晚回去的话就告诉他们会晚点回去。"

"我已经得到允许了，不管是家里人的还是老师的，所以你什么都别担心了，别说让我回到现实的话。"

"……"

她仿佛是在说，别让她从梦中醒来。她因为生病而明显失去自由，我实在是做不出剥夺这份自由的事。

"正好我也提前跟你说清楚，我今天，是不会让你回去的。"

"……什么？"

"哎呀，虽然是希望从异性口中听到的台词，但从来没想到我竟然会对男生说这种话——"

"什么意思？"

"一起过夜啊。"

她突如其来的话令我一瞬间失语，同时，又让我想起了今天早上母亲的样子。说起来，母亲当时笑得很开心啊。

"……这么回事啊。原来你事先已经和我妈妈统一口径了？"

"答对了！我跟她说要把辉彦借过来两天，她就说拿走别客气。"

她似乎回想起了那时和母亲的对话，笑得前仰后合。母亲听到她的话时，也一定笑得这么开心吧。这两人毕竟还是有些相似之处的。

"所以现在，能责怪我的，也不过是病魔和神明而已，你别在意。"

"你还真会举例子，这两个都很让人在意好吗？"

"要想阻止我的行动，先阻止病情发展再说。我已经和身体这样说过了，没关系。而且我又不信神，而且就算神明真的存在，却一手造成了我生病的命运，我也很讨厌。不管是谁，都不想听讨厌的人说的话吧？"

"进入社会肯定会碰上讨厌的上司吧，就算再讨厌也只能听话了。"

"那么我就会说出我自己的意见，主张正当权利。"

"不愧是你啊。"

"课长，我的意见才是对的！"

"你被开除了，明天不用来了。"

她哈哈大笑，说"现实可真残酷啊"。看着她，这样我有些心痛。

她曾经说过自己活不长了，而我现在正和她，好似理所当然地讨论着几年后的未来。她这些话里有几分真心呢？如果她说话的时候，知道这是自己无法抵达的未来，那她实在是太可怜了。

在那之后，至少没人会再责怪她了，于是我们再次坐上巴士。

回过神来，我们已经进入山路，似乎来到了海拔相当高的地方。忽然，一处设施映入眼帘，随着距离越来越近，一股独特的味道钻入鼻腔。熟悉的味道令我皱眉，原来那里是温泉。

傍晚时分，我们到达了温泉旅馆。她要住进这么豪华的旅馆吗？

"下午好！不对，应该是晚上好了吧？"

听到她充满活力的声音，老板娘走出来，用完美的待客之道接待我们。

"这里可以只泡温泉吗？"

"是的，有很多当地的客人都会只为泡温泉而来。"

"谢谢。"

我道了谢，老板娘又回去继续工作了。

她没有分寸拖着尾音，而老板娘却亲切有礼，让我想到不管是作为一个人，还是一名女性，她都该学学那位老板娘的样子。就在这时，她再次看向我。

"出了很多汗，我想泡泡这里的温泉，可以吧？"

"不在这里住吗？"

"不住。住宿是在别的地方。不过好不容易来到这么好的温泉嘛。"

"我没意见。"

我表示同意，她却浮现出与预想不同的、不怀好意的笑。

"现在这个时间，好像没什么客人呢。"

"是啊，不用着急，能好好泡温泉了。一个人最好。"

"哼哼，难得有这样的机会，要不要混浴？"

"……你有听我说话吗？我刚说过，一个人泡温泉很好。混浴什么的，你是傻了吗？"

"我本想让你拍几张我只围着浴巾的样子，作为白天你给我拍照的回报嘛。"

"我再说一遍，你是白痴吗？"

"开玩笑的啦！"

然后，我们分开各自去泡温泉。我有时会去我家当地的大众浴池，所以比起室内温泉，我更喜欢露天温泉，能在自然之中同时感受到新鲜空气和舒适心情。冲洗一遍身体后，我立刻打开了通往外面的门。

然而，这是怎么回事？我的这块舒适区，因为一个声音而化为泡影了。

"喂——听得到吗？"

"……太羞耻了，你就不能安静一点吗？"

"什么呀，你能听到的啊。"

"我听得见，你声音小一点。"

"为什么？"

"都说了太羞耻了。"

"这不是很好吗，这里一个人都没有。"

"我这边要是来人了怎么办？"

"没关系，只有你一个人丢脸罢了。"

我不禁想骂出一句"这家伙"，最后还是忍住了。她肯定会说"我是女孩子，才不是什么你的家伙！"来挑我的毛病。

"我现在可是全裸啊。"

"……"

我竟然还思考了一瞬间她话里的意义，看来我也是个白痴吧。人在泡温泉，全裸再正常不过了。看我没有及时反应过来，她变本加厉。

"什么？你在想象吗？哈哈，现在还来得及呀，这样的机会可不常见，来混浴吧。"

"不好意思，我在潜水，没听到你在说什么。"

"所以我说——"

"我至少知道你要说的肯定不是什么正经话，什么都别说了。……你得的难道是什么不说话就不行的病吗？安静一点，好好享受这个奢侈的温泉吧。"

"我得的是血液的病！哎，我知道你想说什么，我也觉得这个温泉真不错，因为有你在，就忍不住想一直和你聊天。对我来说现在可是有限的自由时间，想把想说的话都说出来。"

她的温顺麻痹了我的大脑，让我不禁顺着她的要求。

"所以啊。"

"嗯。"

"去混浴吧。"

"你就不能闭嘴吗？！"

只有一次也好，请把我认真听她讲话的真心还给我。

走出温泉，换好衣服，我看到她四脚朝天地躺在沙发上，面前桌子上也躺着三个空瓶。

"你竟然一口气喝了三瓶吗？"

"哎呀，泡完温泉后的咖啡牛奶怎么能这么好喝呢！喝得我肚子都胀了。"

我也学着她的样子，买了咖啡牛奶在她对面坐下，然后打开瓶盖，一口含住咖啡色的液体，在口腔内慢慢品味。原来如此，确实很美味。我平时去大众浴池都是为了让身体暖和起来，从未主动给身体降温，而现在这一瞬间让我明白了，为什么各地的温泉都会摆放乳制品饮料了。

我没有抱怨她的理由了。她让我学到了，美食是旅途中的必需品。

"你不也是喝得津津有味吗？"

"因为跟着你好像总能吃到好吃的。"

"别以为我是个只知道吃的女人啊！"

"难道不是吗？"

"你这个坏蛋。"

"比起固执，还是坏一点更好。"

"为什么？变坏可不行吧？"

"比起固执己见，多少留些坏心眼儿、狡诈一点反倒更容易在这个世界上生存。"

"所以我比你死得更早啊！"

"……我不知道该说什么好，就别拿这个攻击我了，太狡猾了。"

她站起身，似乎要结束话题。我一抬头，看到她彬彬有礼地对工作人员鞠躬感谢，就拍了下来。

"就差一点了，再加把油吧！"

我准备得不够充分，也不够习惯这样的节奏，现在已经有了长途旅行的疲劳。但都来到这里了，我还是想陪她走到最后。我也站起来，追赶着她的背影。

望了一眼开始西下的橘色夕阳，我们沿着狭窄山路继续前进。

刚才的旅馆附近没有巴士，我们只能徒步前行。把这个情况告诉她后，她发出了"呜呜……"的声音，也不知道是不是又在讲无聊的笑话，我便决定无视她。

"还没到吗？"

说是山路，但道路修整过，走路没有什么问题。我担心的是，能否在太阳彻底落山之前到达目的地，夜里的山路太危险了。

"马上就到啦。风吹着很舒服，就绕了点路。"

"那就好。不过，嗯，确实很舒服。"

我表示同意。她正用手机地图导航。

虽然现在是夏天，但越往山里走气温就越低。温暖的阳光、拂过肌肤的风，还有在城市里感受不到的新鲜空气，让本该十分疲劳的我们再次迈出脚步。

"快看，就在眼前了。"

说着说着，目的地终于映入眼帘。那是在半山腰一处开阔空地上的一栋小木屋，温暖的木质纹路令人印象深刻。

"今天就住在这里，我之前就预约过了，但到昨天为止都没找到能一起来的人。"

她就是这样的人。就算没找到我这样的同行人，也一定会自己一个人想办法过来，让周围的大人都十分苦恼。

"我该说你准备周到，还是毫无计划呢……不过到了就好，我也已经做好要在这座山里，钻进睡袋里度过一夜的心理准备了。"

"我再怎样也不会做到这个地步啊。不过如果不是生病，也许真的会准备帐篷之类的。"

"你生病后总算能做出和正常人一样的选择了，帐篷还是留给专业登山者和一时兴起去露营的大学生吧。"

"那再加一个，生了病的美少女。"

说着，她便迅速跑向小木屋。虽说生了病，但她的自由心性恐怕很难从根本上改变。

"真是个好地方啊！"

小木屋内保持得很干净，比想象中更大。卫生间、厨房，还有冰箱都很齐全。就算没有床铺，这里也是相当气派的住宿设施了。要泡澡的话，往山下走一小段就有温泉，没有任何问题。

"你在做什么？"

"嗯？先把食材放进冰箱里。"

她从自己那个巨大的背包里拿出食材，不断放进冰箱里。

"来这儿之前买了各种各样的食材。放心，冰箱的冷藏功能很正常，不用担心卫生问题。"

"最好是这样，不过你为什么要带食材？"

"因为之前听说过这里有厨房，就想和你一起在这里做饭。"

"不会是我妈妈说的吧？"

母亲到底是站在我这边，还是她那边？

面对这种场面，母亲一定会说"因为很有意思啊"，就高高兴兴地站在她那边了吧。

"嗯，我听智子女士说了，你做饭是一绝。"

"果然啊。"

"而且你没有否决权。你要是不做饭,今天的晚饭就没了。我也会帮忙的,就一起做饭吧!一起做饭肯定很开心的!"

她每次说出的话都在我意料之外。不过,如果能让她露出笑容,这样也不错。

"确实,机会难得,一起做饭吧。"

"不愧是你!"

她看上去非常满足。

说起来,这可能是我第一次和人一起做饭。

"那么要做什么?"

"既然是在这种地方,那就只有一个选择吧。"

"我想不到是什么。"

"那当然就是咖喱饭啊!"

她似乎早就决定好了。在大自然之中吃咖喱,也不是不能理解。

说完,她打开冰箱,里面有着远远超过一天分量的食材。蔬菜、鸡肉,还有种类丰富的调味料,一应俱全。

"这也太多了吧……"

"很厉害吧?调味料很轻,就带了很多。不知道会用上哪些,就把正在卖的品类都买了。不过大米还是很重,所以食材可能不太均衡,你想用什么就用什么。"

"啊，一路上看你背得很重的样子，原来是因为大米啊。"

"你既然注意到了就帮我拿啊！"

"没办法，毕竟我都把你这个沉重的行李带来了。"

"啊哈哈哈，说得也是呢！"

说话之间，我扫了一眼冰箱里摆放的食材，注意到了一件事。这可能是她的致命失误。

"对了。"

"嗯？有什么不够的吗？"

"啊，嗯，好像是。"

"是什么？"

"咖喱块，你不会是忘了吧？"

"……才，才不是！我都这么期待了，怎么会忘记呢？啊哈哈哈哈……"

她说话的声音越来越小，怎么看都像是真的忘记了。

"等我一会儿！我现在就去买！"

"别，先别走。路上太远了，而且夜里的山路太危险了。"

感觉她快要暴走了，没有办法，虽然有点麻烦，但只能用现有的食材制作了。

"没关系，没有咖喱块应该也不是做不了，就是可能会花费点时间。你不介意就行，还好还有这么多调味料和香料。"

"真的假的！真能做出咖喱吗？"

"别太期待了。"

"呼呼，还好忘记咖喱块了。"

"你就当晚饭是什锦八宝菜吧！"

"对不起，我会反省的。"

我从未在母亲以外的人面前展现过厨艺，能被人如此期待，这感觉也不赖。

首先是备菜，把洋葱切丁，少许大蒜和生姜磨碎。鸡肉也切成小块，去除鸡皮。鸡皮还能做其他料理。

"明明是咖喱，却要用到姜蒜吗？"

"是的，市面上卖的咖喱块大部分都会放。"

她似乎沉浸在观摩料理当中，默默地盯着我手头的动作。然而，她这样盯着我看，却让我比想象中更难进行手上的工作。此时此刻，我只希望她能像平时一样一个人去玩。

"那个，你能先去煮饭吗？虽说你要帮忙，但你毕竟得的是血液方面的病，要是菜刀切到手指的话我可负不起责任，你还是尽量做点安全的活吧。"

"哼哼，谢谢你担心我。要是真出血了，最坏也不过血流不止直接完蛋了。"

对于她的病症，我今天早上曾调查过，因此多少有些了解。我绝对不会让她受伤。

她似乎也明白了我这样做的意义，乖乖去淘米了。我也为了完成自己的使命，再次开始料理工作。

往抹过油的平底锅里扔进刚刚切好的洋葱，然后撒些盐持续翻炒。

"你放了盐，这样就调味好了吗？"

她果然还是关心做菜的大工程，比起煮饭还是更在意我手头的工作。她手上还在淘米，心里却早已不在大米上面了。

"不是，这是为了去除掉洋葱里的水分，这样就能更快炒出洋葱的糖色了。"

"欸，好像农村老婆婆的知识小贴士呢！"

"我应该和你是同一年出生的吧。"

当洋葱变成焦糖色后，向平底锅里放入大蒜和生姜，适当翻炒一会儿后，放入切成一半的番茄和适量番茄酱，搅拌均匀至水分收干。再混合大约五种香辛料，持续翻炒一段时间。平底锅里渐渐飘出了吸引胃里馋虫的诱人香气，让我们都饿了。

"要稍微尝尝吗？"

"欸，可以吗？"

她转向我，眼里闪烁着兴奋的光芒，但看到平底锅里的东西后，脸色又凝重起来。

"这些脏东西是什么？"

"什么脏东西，接下来它们就要成为咖喱了。"

她尽管嘴上抱怨，还是乖乖接过了我舀给她的一点"脏东西", 犹豫片刻后把它含进嘴里。

"好咸! ……啊, 不过好神奇, 竟然真的有咖喱的味道, 有点浓但很好吃!"

"那就好。这个就可以说是咖喱块了, 虽然它不是固体, 但应该有同样的效果。"

"你竟然连咖喱块都会做!"

"能顺利做出咖喱, 太好了。"

"原来你是让我来试毒的吗?!"

"……你还是管好你的米饭吧。"

"啊! 被你糊弄过去了!"

几番对话之中, 我手头的咖喱也接近完成。往自制的咖喱酱里放进切好的鸡肉, 加水后煮沸。咕咚咕咚煮着的咖喱看上去就像是燃烧的岩浆。

"哦! 咖喱好像岩浆啊!"

"……能不能别和我有一样的想法?"

"哈哈, 原来我们想法一样啊。"

我摆出了无奈的表情, 她却肆无忌惮地继续笑着。

"要是米饭做好了, 那就来看一下咖喱吧。"

"啊, 嗯, 知道了。"

虽然这样说着, 她的视线却一直盯着制作中的咖喱, 手上一点动作都没有。要是这样继续下去, 咖喱可能会烧煳。

……啊，原来如此。她果真如我所说一般"看"着咖喱，我的本意是让她看着锅里的咖喱不要让它烧焦，她却真的按字面意思盯着咖喱看了。

"你在干什么？"

"嗯？按你说的，在看咖喱的样子啊。"

"我的意思是，你不要让咖喱烧煳，偶尔搅拌一下。"

"……喂！你最开始倒是说清楚啊！"

她拍了拍我的肩膀，我继续把咖喱交给她看管。

看准时机，我去拿准备放进咖喱里的蔬菜，还有照相机，因为她下厨的样子想必难得一见。更重要的是，她过于直率的样子，我无论如何都想拍下来。

我举起相机，开始对焦。

为了不让咖喱烧焦，她极其认真地用勺子搅拌咖喱，似乎没有注意到自己正被相机对着。这样刚好，我看准时机拍下一张。

"你在拍照吗？"

她终于注意到了快门按下的声音，却没有提起我擅自拿起相机拍她的事。

"你下厨的样子可真新鲜。"

"我现在走不开，可没法摆姿势啊。"

"我就是想拍你这呆呆的样子，不需要摆姿势，盯着咖喱就好。"

"你把我当傻子吗？你有时候就是在故意欺负我啊。怎么说来着？就像小学生那种对喜欢的人忍不住想欺负的心情？要是这样的话，欸嘿嘿，我可是会害羞的。"

话音刚落，她就把咖喱扔在一旁回答我。

"抱歉打断了你愉快的妄想，不过咖喱煳了的话可没法重做了。"

"哦，对啊！"

她这次集中精力看管咖喱，我又拍了几张后，也放下了相机。

在一口气拍完她下厨的样子后，我剩下的工作，就只有做完这道咖喱了。

话虽如此，接下来也不过是把准备放进咖喱里的食材炒好而已。

由于这次是纯手工制作的咖喱，我想加入红色和黄色的彩椒、四季豆，还有茄子，做出色彩丰富的夏日咖喱。

"你没有什么不喜欢吃的东西吧？"

"我不喜欢咖喱饭！"

"……果然我看你的晚饭还是吃什锦八宝菜吧。"

"假的，都是假的！对不起！我超喜欢咖喱的！"

"给你个忠告，道歉的话，每说一次价值就会减少一分，所以不要随便道歉。"

"你说得对，那我撤回刚才的道歉！"

"那你晚饭就吃咸菜吧。"

"你好坏啊！"

"那你不喜欢吃什么？"

"你这个人好坏！"

"你再不好好回答，我就把你的米饭和咸菜的比例倒过来放。"

"那不就只剩下茶色和红色了吗？我没有什么不喜欢吃的东西！"

听完她的回答，我把食材放进咖喱里。

"那我就随便放点我喜欢的菜了。"

"嗯，好的，期待期待。光是闻到这个味道就知道一定很好吃。"

就像她说的那样，小木屋里已经满是咖喱的香味，这个空间让饥肠辘辘的我们难以抵抗。

我把炒好的食材放入咖喱，稍稍炖煮入味，然后让她来尝尝味道。

"差不多做好了，要尝尝吗？"

"嗯嗯！"

随后，她大喊"好吃"，比我所期待的还要大声，我放下心来。

"虽然就只是尝尝，但反倒觉得这一口就是特别好吃！"

"我也同意。以前常常为了尝味道帮妈妈做饭。"

"这样啊，因为帮了忙才会产生出这样美味的感觉啊。我要是有像你这样的孩子就好了！"

"我可不想有你这样的妈妈。"

"我觉得我和智子女士很像啊！"

"……咱们还是吃饭吧。"

"啊！你又转移话题了！真是的！"

我也总是觉得母亲和她很像。但我不想承认被她说中了，就埋头吃饭躲开这个话题。她也一脸不满，但还是坐了下来，一定是抵抗不了饥饿的感觉吧。无论对于健康如常的我，还是病魔缠身的她，都是无法改变的吧。

"吃吧。"

"哇！好厉害！一想到这是你做的我就不服气，但真的好厉害，看上去好好吃！"

红黄双色的彩椒点缀着咖喱，与她亲手煮好的米饭一同盛在盘子里。我还做了一道沙拉，用做咖喱剩下的蔬菜，配上烤得酥脆的鸡皮。拜调料丰富所赐，调味汁也是纯手工制作的。

"光是看着就有专业水准了。你要是走料理达人路线的话，肯定会超级受欢迎的，桃花期一个接一个。"

"不好意思，比起只顾恋爱，我还是更喜欢面对相机。"

"你还说过自己没谈过恋爱呢，真好意思说。"

"没关系，我又没兴趣。"

"哎呀，你都有我了。"

"什么意思？"

"那么我要开吃啦！"

她像是在报复我，岔开了话题，也似乎没有回答我的意思。不过我也没想深究到底，没有在意。

她张大嘴，吃进一大口咖喱，又发出无法用语言形容的怪声。我就当她是在感叹吧。她一脸幸福的神情，让我也非常满足。能收到这样的反应，说明我这顿饭做得很有价值。

"嗯。"

我尝了尝味道，达到了我的预期，这可能是我有史以来做得最好的一次。

和她一起行动时，我最喜欢吃饭时间。不光是因为她给出的反应很棒，而且她吃饭的时候很安静，让我也能平静下来享受美食。

然而转念一想，这和肉食动物被猎物分散注意力时趁机逃跑的草食动物一样，又有些难堪。

在吃完饭之前，我们没进行什么有意义的对话。"如果能每天吃到这样的饭，我真想成为你家孩子！"之类意义不明的宣言，也不能称之为有意义吧。

吃完饭，简单收拾一下后，我们出了小木屋。

"好凉快！"

"不是凉快，是有点冷吧。"

尽管现在是夏天，但到达海拔这么高的地方，还是有些寒意。我搓着手臂瑟瑟发抖，她却坏笑着看我。

"你比生病的女孩子还弱啊。"

"你都生病了，就别逞强了。不是，只有你穿了长袖，真狡猾。"

她是为了此时此刻的防寒才从一开始就穿着长袖的吗？还真是在奇怪的地方做好了打算，让人火大。

"比起防寒，更是为了防虫，被虫子叮咬就不好了。"

"啊，这样啊。"

这也是没办法的事。罹患血液上的病，就连蚊子这样的小虫子都不得不时时提防。

"嘻嘻嘻，对我刮目相看了吧！"

"什么意思？"

"锵锵——"

她把藏在背后的东西递给我。

"这是？"

"欸嘿嘿，你还记得吗？"

她给我的，是我之前去打工前陪她买东西时，她买的男装。当时我以为可能是给哥哥的礼物就没多想，想不到竟然是为了今天。

"莫非为了今天才买的？"

"对啊！因为我猜山里一定很冷。"

这么说来，她从那么久之前就计划着带我来这里了……我可能太小看她了。

"我还有件好奇的事。"

"好奇的事？"

"你妈妈，也就是智子女士，她那么漂亮，你要是全身上下好好收拾一下，肯定也会很帅的吧！"

"我妈看着确实很年轻，但你也太抬举她了。"

她给我的衣服，是去咖啡厅读书的人会穿的那种，干净利落又时尚的衣服。夹克配紧身裤之类的搭配，我没穿过也没买过。

"你会穿的吧？"

"……"

让她认为我在害羞就糟了，这次就顺着她的意思来吧。夜里的山上也很冷，不得不穿。

"难得给我准备一次，我会穿的。"

"欸，真的吗！太好了太好了！"

我回到小木屋里，再次端详这套从未穿过的衣服。缓缓叹了口气后，我换好衣服，摆出一副毫不在意的淡定表情回到她身边。

"挺好看的嘛！还有一点把人强塞进衣服里的感觉，但比之前好太多了。"

"你完全否定了我之前穿过的所有衣服啊。"

"下次记得改改你那别扭的回答方式哟。"

"你管得着吗？"

"到底是你的性格先改变，还是我的病先治好，我们来比比吧！"

她这话不知是在开玩笑还是认真说的，还哈哈大笑，让我有些摸不着头脑。

"那我们出发去最后的目的地吧！"

"欸，这个小木屋竟然不是目的地吗？"

"怎么会？特地爬这么高来到这里，才不是只为了在山里住一晚呢。我可是有真正的目的的。"

她说完，拿着小木屋里备用的两人份睡袋继续向前走。

"别担心，马上就到了。"

确实如她所说，在看不到小木屋周围灯光的地方，她停下脚步铺上睡袋。

能看到的，只有夜色中浮现的她的侧脸、团团包围住我们的树林，还有漫无止境的星空。

"……好漂亮。"

我不由得感叹。

笼罩在我头顶的夜空没有一片云彩，只有数不尽的星星在闪耀。以前学到的夏季大三角正散发着强烈的光芒，让我轻松找到了它的位置，还看到了星星连成一片而成的银河。

这是最开始和她一起去天文馆看到的人造星空所无法比拟的壮丽景色。

"无法用语言形容，原来这就是星空。"

"嗯，这就是星空，是我喜欢的星空。"

我想起了一件很久以前就很好奇但未能问出口的事。我想现在正是询问的最佳时机，便毫不犹豫地开口。

"你为什么进了天文部？或者说，你喜欢上星空的契机是什么？"

"对呀，我好像没说起来过。在朋友面前我一直一笔带过，但对你还是可以讲讲的。"

她似乎下定决心一般点点头，继续讲道。

"原因很简单。上中学的时候，我就发现自己得了这个病，但还是被各种各样的恐惧压倒，过了一段停滞不前的时期。"

我有些惊讶于她竟然也有这样的时候，但没有说出口。平时的她太强势，而那时她的反应反而才是正常的。

"然后父母看到我这个样子，就带我来这里了。"

"然后呢……"她用轻快的语调继续讲述。

"我看着这片星空，觉得没有什么比它更美了！是那种能让我觉得自己的病不值一提的美。不知什么时候起，我想，如果我也能成为这片星空的一部分就好了。找资料的时候也发现，我和织女星好像。也许这就是我喜欢星星的理由。当时的我，应该是在靠仰望星空逃避现实吧，因为和星空比起来，我的烦恼真的微不足道。"

"原来是这样啊……"

"而且，星星很漂亮。"

最终的理由还是很单纯，不过，这样就好。

就算是为了分散生病的痛苦才开始观赏星星，但现在她能说出"因为星空漂亮所以喜欢"，这样就很好了。

我理解了她对星星着迷，想成为观星者的心情。而且，在和她相遇前，我一直对此毫无兴趣，现在也为星空的魅力所折服。

"这就是我想看的。"

"这样啊。"

"这就是我想给你看的。"

"……这样啊。"

我不知道她为什么想带我看这片星空，但我知道了她"想成为星星"的理由。不，是一下子明白了。

"要是真的能成为星星就好了。"

她曾经说过这样的话。这是当时在生死边缘挣扎的她说出的话，而现在，我终于不得不理解了其中的深意。

"星星，真的很漂亮啊！"

"嗯，好漂亮。"

接着，我差点说出"明白你想成为星星的理由了"，但还是忍住了。我能感觉到，她这句话过于沉重，不是我能轻易说出口的。

钻进睡袋随意躺下，我们两个人仰望星空。把身体托付给大自然，眺望着壮丽星空，让我陷入了一种飘浮在空中的错觉。明明我正躺在地面上，还有她在身边。

"听你这么说，我觉得来这里值了。"

"不过很遗憾不能直接拍下这片星空啊，我没带三脚架。"

透过取景器对着星空，也无法完全还原我用双眼看到的景色。明明我真切看到了散发着红、蓝、白等多彩光芒的星空啊。

"你就光想着拍星空了，明明旁边还有更应该好好看看的女孩子啊！"

她笑着打趣。我把视线转向她那边，但光线太暗，看不清她的侧脸。

"现在该看的是星空吧，而且我拿起相机的时候，可是有在好好看你的。"

说着话，飘浮在夜空中的一颗星星好像瞬间落了下来。仿佛在追随它的脚步一样，更多的星星一颗接一颗，接连不断地下落。

"快看！是流星！"

听着她兴奋地叫喊，我沉浸在眼前的绝景中。

流星闪烁的星光如同雨滴一样坠落，牢牢钉住了我们的视线。

"……好漂亮！"

"嗯。我也从来没见过如此美丽的景色。"

我们一同发出了感叹。

"向流星许愿三次就能实现，是真的吗？"

她说。

"就算是真的，这么短的时间里许愿三次也实在是做不到啊。"

"那么在短时间内就能许三次愿，常常把愿望记在心中的人，他们的愿望一定能实现。"

"原来如此，说得很有哲理啊。"

"因为是向星星许愿嘛。"

我一边偷偷看向她得意的侧脸，一边向不断坠落的流星许愿。"希望她的病能早日康复"，许愿三次。那么她又会向星星许下什么样的愿望呢？

"你不觉得星星有很多种颜色吗？"

"是啊，以前从未觉得星空是这么多姿多彩。"

"这是因为和星星的寿命有关。现在是一生当中最闪耀的时刻，所以发出的是金色的光芒。最愤怒的时候，光就会变成红色；最难过的时候，又会变成蓝色。你不觉得这很棒吗？竟然能用光芒表现自己的情绪。"

那是我与她相遇之时，她对星星的感性比喻。至今为止，我一直认为这是感性敏感的她会做出的比喻，但一定不止于此。她发自内心地想成为星星，想成为如此闪耀的星星，她一定是如此憧憬，才会这样说。

"因为是你，所以才会这样想。我从未这样想过，兴许是因为我就算成了星星，也不会散发出这么美丽的光芒，最多不过是六等星罢了。"

"六等星也不错啊，一定会在空中某处闪耀光芒的。"

"即便如此，我也会被如你这般一等星的光芒彻底掩盖住吧。"

她的视线依然停留在星空，打趣地说着"我这是最后的光芒，所以特别闪耀"，又继续讲述。

"不管是悲是喜，我都想像那颗星星一样留下耀眼的身影。如果能闪耀得这么漂亮，我想一定会很棒。"

啊，原来如此，所以她才一直拼尽全力地生活着，笑得那么灿烂。无论是在教室里和朋友们高声谈笑的时候，还是大口享受美食的时候，还是对我的话做出很大反应的时候，还是——被相机对准拍照的时候，她都竭尽全力，想成为那道耀眼的光辉。

"你之前说过，现在我们所看到的星光，是很久以前的光芒。所以……"

——你是想在去世后也留下美丽的光芒吗？

我慌忙憋住了这句即将脱口而出的话。这个想法也许很傻，但我有种感觉，如果现在就说出口，她就会真的变成星星。也许这是像要吞没我们一般的无数星星带来的错觉。

她的侧脸依然看不清楚，但我感觉到她似乎在笑。

"如果我的心情能好好传达给我走后依然活着的人们就好了。我曾经来过。"

"……"

"这样，我就能好好活在当下了，被看到的时候也不会觉得丢人了。"

原来这就是她笑容的根源，是她能时常保持笑容的理由。

"你很了不起。"

我心想。她一往无前活着的样子，在我看来很了不起。

"哦，你这么直白地夸我，太难得了。"

"因为我怎么都不可能这么想啊。"

"也是，你的座右铭都是，是什么来着？塞翁失马什么的……？"

"塞翁失马，焉知非福。"

这似乎已经是很久以前的事了。那时我甚至没有想过，给她拍照到底有什么意义。

"对对，就是那个。不过看着星空的时候，你不觉得自己很渺小吗？我们活着的时间，对星空来说不过是一瞬间，而我生病痛苦的时间则更短更短，所以才不能轻易示弱啊。"

"……"

我什么都说不出。至今为止没什么主见、一直被动活着的我，和将自己与壮丽星空相比、努力活着的她，不管哪方面都太过不同。如果她这样的人都微不足道，那我又算什么呢？

"嘻嘻嘻，这么浪漫的星空都看了，来聊点恋爱话题吧！"

"话题怎么转到这里来了？你可别把我卷进来。"

也许这种驱散沉重氛围的举动，也在她的计划之内。不过，还是希望她选择话题时能考虑一下我的情况。

"我的性格就是会把人卷进来，你放弃吧。"

"你越来越有自知之明了。既然有自知之明了，就请你管好你自己。"

"我的性格是不会管好我自己的，你放弃吧。"

得到她的回答，我无计可施。

"之前也说过类似的话题吧，你还是跟班上的女孩子聊吧，负担太重我承受不起。"

"你没好好谈过一次恋爱吧？"

"喂……"

"没谈过吧？"

在她面前，我的意见约等于无。被动的我和积极主动的她，最不适合扯上关系了。

"……没有。之前不是说过了吗？"

"那么，今后有谈恋爱的打算吗？"

聊起今后了。将来肯定会谈的，但我现在也确实不知道会不会谈。而且，我怎么也没法对她讲起关于未来的话题。

"……跟我相比，你恋爱经验更丰富吧？你自己都说过，你很受欢迎。"

我故意强行转移话题。听到她有些不满的叹气，却没有继续深究。

"就算有经验，也不过都止于表面而已。我觉得周围的人一直都对我有误解。"

"误解？"

"到现在为止对我有好感的人，都只看到了我的外表。说什么很会聊天、很可爱、身材很好之类的，但也只会说这些。"

不过，就是这些地方才会让人有好感的吧。我把这个想法告诉她，她摇了摇头。

"我也曾经觉得某个人很帅。在我以前很小的时候，附近的哥哥很帅，我特别仰慕他。不过，这种仰慕和恋爱不一样，是憧憬。所以对我有好感的人，或许应该也只是憧憬能和我这样八面玲珑的人交往的自己吧。"

我从不认为她是八面玲珑的人。尽管她和谁都能谈笑风生，言行举止都非常自然，但我从未因此认为她是八面玲珑的人。

"被人夸赞外表我很开心，被人说是快乐的人我也很开心，不过，我还是更希望他们能贴近我的心。"

"贴近心灵"指的到底是什么，我不太明白。她到底抱着什么想法活在世上，一如既往的笑容背后又隐藏着些什么？我和她一起度过了这么长时间，却依然一无所知。

这对我来说太难了。

她的恋爱话题，完全不像修学旅行时的女生夜聊。

"而且，我都生病了，如果不是因为了解我的内在而喜欢上我，肯定会让对方后悔的。"

她有些打趣地说。

"的确，就像隐瞒凶宅又将其卖出去的黑心房地产商。"

"啊哈哈哈……对对，我不是诈骗犯，是活在当下的女高中生。所以我就算要恋爱，对方也必须得了解我的内在才行。"

"我也不想和诈骗犯交往。"

"是吧？所以，我的恋爱对象就只有你了。"

她曾经对我说过不要喜欢上她，现在这又是在说什么？

"怎么会变成这样？"

"因为只有你了啊！"

她提高了音量。

"因为我不想再和其他人讲起我生病的事了，我不喜欢被人关心。"

"那就找一个值得的人，只对那个人坦白生病的事就行。"

气氛一瞬间沉默下来。虽然穿着暖和的衣服钻进了睡袋，但时不时吹来的风依然冷得刺骨。

"那样也还是不行。我觉得对方一定会离开我，或者是过分地对我好。"

"对方会离开这点还能理解，为什么会不喜欢别人对你好呢？"

"就是不喜欢。这种好不是关心我，而是关心我的病。对要杀死我的重病体贴的人，肯定是我的敌人啊。"

这实在是"有些自我意识过剩"的她会说出来的话，而我感觉自己每次都会被她说服。就算是我从未有过的想法，她也能说服我让我理解。

"你是不是觉得，'真像你啊'？"

"还真了解我，我就是这么想的。"

"果然啊——你说，'像是你的风格'，到底是什么让你有这种感觉的？"

"在你说出与我想法正相反的话的时候。"

"怎么说？"

我感觉到她的睡袋在移动，正向着我的方向移动。

"如果我站在你的立场上，就会希望恋人对我好一点。因为自己的处境都已经这么糟糕了嘛。但你说对你好的人是你的敌人，这就是让我觉得很像你的理由。"

"你还意外地很有少女心呢！"

用了并不适合我的"少女心"这个词，她自己也笑了出来。

她一次又一次地哈哈大笑。周围没有其他人，她更是以平时三倍的音量大声笑着，仿佛是在对着星空表达活着的幸福。

"对了，我一直很好奇一件事，可以问吗？"

笑声终于停下后，她忽然来问我。

"怎么认真起来了？你平时可不会征求别人同意，这次都不像你了。"

"因为我觉得你可能不想被问到这事，那我就不跟你客气了。"

铺垫完这些，她还是直冲着我不想提及的地方而来。

"你都不叫我的名字，为什么？"

"啊，你问这个啊。我能聊天的人，除了阿垒也就是你了。用'你'就能解决问题，没什么不方便的。"

"一直'你''你'地叫别人，我觉得很没礼貌啊。"

"你不也是吗？"

"我是在模仿你。至少一开始和你一起出去的时候，我叫了你的名字。"

回想一下，可能还真是这样。她是什么时候开始改口管我叫"你"的？

"……我不想让别人叫我的名字，所以我也不叫。"

"为什么？'天野辉彦'，这个名字多好啊。"

"是啊，的确是个好名字，不过我担不起这个名字。"

"什么意思？"

"'天野辉彦'这个名字，不是很像'彦星^①'吗？就像在银河中闪闪发光的牛郎星一样。这不是我能配得上的名字。"

"哦哈哈，是这样啊。"

"你为什么要笑？"

"不不不，确实是觉得不太适合现在的你。"

"确实没礼貌，但事实如此。所以……"

"但人如其名，所以就算现在觉得配不上，只要为了今后能配上这样的名字而努力就好。"

"那……"

她说得对。这话本身没什么问题，说出这话的人又是自称织女毫不忌惮的她，所以反倒更有说服力了。

"因为是我这个织女说的，所以没问题。你自己贬低自己是六等星，但你一定能成为牛郎星的，一定会的。"

"所以"，她继续说。

"如果有一天，你被叫到自己的名字也不觉得羞耻了，那么一定也要叫出我的名字啊。"

这一天会到来吗？假设这一天真的到了，她还会在我身边吗？她还会笑着站在我的取景器对面吗？

我不想考虑这些问题，便放弃了思考。

_____

① 彦星，即日语中的牛郎星。

然后，我们继续仰望星空。

很长一段时间里，我们都在仰望着星空，感觉自己好像渐渐融入夜色和星空之中。

直到她喊了一声"好冷"之前，我们一直沉浸在这片星空之中。

回到小木屋，盖上被子准备睡觉。听她调侃着"今晚可是只有我们两个人啊"，我迅速钻进铺好的被子里。

柔软的被子包裹住经历了长途旅行的身体，令人睡意渐浓。她似乎还想再聊些恋爱之类的话题，看我决定无视，她只好放弃了。

"你今天开心吗？"

"……如果只有我一个人的话，恐怕一辈子都不会经历这些事。很开心。"

"是吗，我很高兴。"

"你呢？我甚至都不用问。在我看来，很明显你非常开心。"

"嗯！太开心了！"

"那就好。"

"我们还要再来哟。下次想看冬天的星空。冬天空气更澄澈，星空肯定看着更漂亮！"

她上扬的声调，表达出她真的很想一起再来一次的心情。这里空间狭小，几乎没有让我和她分开睡的空间，被子不得不挤在一起，但这样也让我窥见她平时几乎不会表现出来的细腻感情。

我拿过相机，想回味刚才的星空。虽然拍得不好，但还是用照片纪念下了这片星空。我趴卧着一张张看过去拍下的照片。

"我也想看！"

她翻过身来，要闯入我的被子领域，距离近到肩膀都快碰到一起了。她隔着棉被紧贴着我，为了看我手上的相机，进一步缩短了距离。

"喂，太近了。"

"因为看不见所以没办法。"

她嘴上说着，又刻意贴过来。从肩膀到上臂，甚至已经能感受到她的体温了。肌肤的柔软、隐隐飘来的香甜气味，还有与我完全不同的气息，这些构成她这个人的要素，让我的五种感官反应更加敏感。

"我会把相机拿过去一点，你稍微离我远点，总是靠过来太热了。"

"欸——这样不是很好吗——"

我们没带睡衣，所以决定穿着贴身衣物睡觉，但她的穿着让我不知道该把眼睛放在哪里。尽管异性近在眼前，但我更想拉开距离。

"你离得太近了，不用这么近也能看见吧。"

每次我退到被子边缘，她就又靠过来，我的空间越来越狭窄，事态反而更糟了。

"哎哟？！你不会是在在意我吧？！"

"你好烦。再说话就真的离我远点，要看照片就安静点。"

"好的，我会安静的。"

她安静了下来，但依然保持着紧贴状态，还好她能安安静静地看着相机了。

由于只是手持拍摄，所以几乎所有的照片都失焦了，只有一张照片奇迹般地拍下了流星。没想到拍了这么多的照片，但我们仍然毫不厌烦，默默看着。

"哦哦！果然拍得不错嘛！"

让她有了这种反应的，是那张我们准备回小木屋时，在她的提议下拍下的照片。

为了能一起拍到星星，我把相机放在地面上，以从下到上的角度拍下了这张照片，效果却意外地好。

那是以星空为背景的，我和她的合照。我们站在照片正中央，四周为银河所包围，就像神话中的七夕一样。

"真是奢侈的合照啊，竟然以银河为背景。"

"嘻嘻嘻，我们成了牛郎织女啊。"

"那么我们一年就只能见面一次了。"

"那就不知道以后还能不能见面了，我可能活不到明年七夕。"

"你能不能别一脸无事发生的样子说这种话？"

如果在平常，她一定会笑着接受我的吐槽，然而这次，她却沉默下来。

事已至此，我小心翼翼地看向她。

眼前映出她的容颜，距离近到能感受到她的呼吸。

我的视线自然而然地转向她的嘴角。只要稍微动作一下，就能碰到她的嘴唇了。

"……我看着像没事吗？"

她的嘴角微微颤抖，脸上没有了平时的开朗笑容，取而代之的是有些脆弱的笑。

她不可能不害怕。就算展望未来，而自己可能没有未来的事实也很难不令人恐惧。

我误会了。我以为她是个坚强的人，但事实并非如此，她只是个有些逞强、运气不太好的女孩子。和我同龄，却能接受这荒唐无理的现实，反而是不正常的。

也许我一直对此视而不见，对追逐着她的结局视而不见。我只是一直躲在她坚强的外表之下而已。

为了逃避她视线中映出的残酷现实，我选择背过身去。看着她的眼睛，我似乎就要被潜藏其中的恐惧吞没。

我再一次逃走了。

她从我身后紧紧拉住了我的衣角，那虚弱的力量仿佛在表达着她的不安。然而，我却无法回握住她无力的小手。

我已经决定做她的摄影师了，绝不能一味逃避。只有这一点是毋庸置疑的。

我再一次思考，我到底能为她做什么。

我一直想用最好的方式，把她的身姿通过照片留存下来。然而，这还不够。

她会死亡的现实，我也必须一并接受。

我想这才是做好和她一起的觉悟。

第二天，我们没有绕路再去其他地方，直接踏上了归途。也许是旅途积攒了太多疲劳，我们很少说话，和她的对话中也没有印象深刻的部分。

"这两天真的很感谢你。"

"我也是。"

"下次一起看冬天的星空哟。"

"好啊，我得好好准备防寒措施了。"

"嗯嗯，冬天的山里好像会更冷。"

到了车站，我们做好下一次约定。

回想起来，这次旅行之中，我笑起来的时间应该更多了。因为看到她的笑容，我的表情也柔和了许多。

"那么再见。"

"嗯，再见。"

“说起来，我们学校可是有看重升学的名声，我们马上就会在暑期讲习时相见了。”

“是啊，像你这样的人肯定想不来就不来了。”

“我也是会好好来上课的！”

“那就明天见。”

“嗯！明天见！”

说着说着，我们一如既往互道离别。

回家后，做着自己习惯的事，才终于有了回到现实的感觉。让我不禁觉得，和她一起的两天时间里反而像是在做梦。

假如她发给我讲述这两天回忆的信息，我会明白这不是梦，然而她却一直没有和我联系。

第二天，我去学校参加暑期讲习，而说着"明天见"的她却没有出现。

我不由得开始想到，难道昨天说过的话也都是梦里发生的事吗？这时，我注意到了母亲发来的消息。

看来她似乎住院了。

第
五
章

　　暑期讲习结束一周后，她终于出院了。

　　为了拍下她出院的样子，我带着相机准备出门，她应该还在医院。

　　穿上鞋准备出去时，外面传来了汽车停下的声音，似乎是出租车停在了家门口。

　　"我回来啦！"

　　"打扰了……"

　　是下班提早很多的母亲，后面不知为何跟着我即将去拍照的她。

　　"哎哟？辉彦要外出吗？"

"不，现在没有出门的必要了。"

"啊，我猜你是要去见香织吧。"

"欸！是这样吗！"

"反应不用这么大。我只不过是一时兴起而已，只是想拍你出院的样子罢了。"

"这样啊。欸嘿嘿。"

"所以就只是一时兴起嘛……"

她明明住院了，却依然活力满满。她的那副表情让我松了口气，放下心来。

在一连串的动作之后，母亲向她招了招手。

"啊，好的！打扰了！"

一开始她还有些拘谨地踏入家门，不知何时起又变回了平时的态度，堂而皇之地坐在我家餐桌前，吃着母亲做的午饭。等我回过神来，我的房间里只有我们两个人了。

"这里就是你的房间啊！"

"别乱看。喂，就算搜床底也不会有什么东西了。"

"还真是什么都没有啊。往好了说是干净利落，往坏了说是太无聊了。"

"那就别说不好的那句，倒是说收拾得干干净净啊。"

"我就算突然要招待别人，也不会带人来自己的房间。"

她脸上浮现出满足的笑意，打量了一圈我的房间。房间并不宽敞，只有书桌、床和书柜等最低限度的家具，没什么能引起她兴趣的东西吧。

"啊，这个是什么！"

我正沉浸在思索中，她就注意到了我书桌上放着的东西。

"啊，这个啊。"

她所感兴趣的，是我洗出来的照片，是过去为她拍下的那些照片。

她把那些照片全都拿出来，毫不客气地坐在了我的床上。我不介意别人直接坐在床上，所以我也在她旁边坐了下来。

"姑且先把之前拍的照片都洗出来了。"

"原来如此，谢谢你！"

我也还没好好确认过实物如何，便和她一起翻看着上百张照片。

"哎呀，哪张都不自然啊。虽说最近习惯了被拍，但最开始在学校天台上拍的那张，如果没有夕阳做背景的话，我的样子肯定不好看。"

"我拍照的方式也不太好，只想着要把你拍下来了。"

"虽然被拍的时候也是这样，但看着拍摄对象也很羞耻吧。"

不过，她这样说着，表情却很愉悦，也许是回想起来了之前拍摄时发生的事。

"说起来……我也有想给你看的东西。"

"想让我看的东西？"

"嘻嘻嘻，住院期间空闲的时候，我特别特别想见你，所以就做了这么个东西！"

"咚咚""啪啪"，她一边发出神秘的怪声，一边拿出了一本笔记本。

"这是？"

"是即将成为我的宝物的笔记本啊。"

"什么意思？"

越来越搞不懂了。

"锵锵——"

她打开了笔记本。首先吸引我的，是以前和她一起去观测天体时拍下的那张奢侈的双人合照，是远途旅行回来时，她说想要的那张照片，所以我把它洗出来交给了她。照片上方写着，"想和你去看星星"。

还有"想去你家""想和你在过山车上尖叫""想说'老板，还是老样子'""想去乌尤尼盐沼"等等，本子上记录了她的种种"希望"，每一句下面都留出了能贴上一张照片的空白。

"这是我想和你去拍照的情景和地方，是个愿望清单。"

去看星空时拍下的照片让她很开心，就设想了其他还要一起拍照的地方。

"这不是很好吗？去想去的地方，做想做的事，很有你的风格。不过，果然我还是得和你一起去吧？"

"那当然了！"

在她的认知中，我和她同行似乎已经成了固定前提。无法强硬拒绝、被动的我，成了她猎物的最佳选择。

"但我不会强迫你的。要是能一起就最好了，不过还是看你的情况。你也有你自己的人生。虽然很想让你给我拍照，但地点我不强求。"

这不像是一直以来任性自我不顾他人的她会说出来的话。对此尽管我有些在意，但只回答了句"我会考虑的"，便结束了话题。

之后便是些不痛不痒的聊天。讲了讲各自的家庭，听她抱怨学校里的女生社会多么可怕，互相告知了期末考试成绩，她的成绩竟然和我差不多，让我非常震惊。

作为一名高中生，这样的对话理所当然，也必须理所当然，是她今后本应继续进行的，理所当然的对话。

玩着她感兴趣的电子游戏时，太阳开始西沉，我们便决定解散。

我最后还是没能明白她此行的目的。也许来到我家这件事本身就是目的，毕竟她的本子上写着"想去你家"。

为了填补她笔记里的空白，我们两个人在房间里一起拍了照。因为要贴在本子上，所以简单拍拍即可，就用她的手机拍了照。

不是把手机放在哪里倒数秒数，而是举起手机以自拍形式进行的拍摄。为了能共同塞进镜头里，我和她紧紧贴在一起，但也许是因为旅行时已经习惯了这点，我心中没有丝毫波澜。她看我这个样子似乎觉得很无聊，对我来说反而达到了目的。

为了送她回家，我走出了家门。母亲发牢骚说"住下来也没关系啊"，我对此完全无视。

"哇，好开心。"

她伸了个大大的懒腰，满足地点点头。

"这么快就拍了能贴在本子里的照片，真好。"

"嗯。"

突然想到，我一直被她带着四处跑，一直不知道她的目的地在哪里，从未有过像现在这样由我来送她回家的时候。夕阳西下映照着背后，将我们的身影拉长。

"其实呢，我是有想对你说的话，今天才来见你的。虽然有些难以启齿。"她说。

她好像在追逐着自己的影子，走在我的前面。

"你说你难以启齿，只能让我有种不好的预感。"

事实如此，那还是不要听为好。不过我确信，即便如此她还是会说出来的。

"那么，我们来打个简单的赌吧？"

"打赌？"

"我要说的事，也是想拜托你的事。如果我赌赢了，希望你能帮我实现这个愿望。"

"……打什么样的赌？"

稍稍走在前面的她突然停下，于是我也停下了脚步。

"就赌下一个从这个街角走出来的人是男是女，怎么样？"

"二分之一的概率啊，像薛定谔的猫一样。"

现在从我们的角度来看，从那个街角过来的人，既可能是男性，也可能是女性。不亲自看到，就不会知道真相，就是单纯地比运气罢了。

"别说什么不明所以的话，快决定到底选哪个！我就选你选剩下的那个。如果我赢了，你就要答应我一个要求。"

她重复了一遍。

那一定不是个简单的要求。不过，我很好奇她要说什么，只是一个单纯的赌约而已，我也有获胜的机会。如果我赢了，那就用安全的办法问出来她的要求吧。

"……那，我选女性。"

"那我就选男性。"

然后，我们默默等待有人走过街角。一想到她要说的到底是什么，我的听觉就变得敏感，听到了街角那边传来的脚步声。第一个出现在我们视线范围内的是……

"……狗？"

我有些惊讶。如果是猫的话还能理解，没想到出现的竟然是狗。

接下来，女主人走进了我们的视线。

被两个高中生盯着，女主人有些被吓到，我连忙向她道歉。

最开始出现的人类是女性，所以应该是我赢了……

"哇！是喜乐蒂牧羊犬啊，好可爱！"

她立刻对那只中型犬做出了反应。圆圆的眼睛和身上柔软的毛，的确令人喜爱。

"不好意思，请问这只喜乐蒂是男孩子还是女孩子？"

她毫不犹豫地向那位狗主人搭话，得到了狗是雄性的情报。

"那么最先走过来的人，是女性吧？"

"你在说什么？那只可爱的喜乐蒂是男孩子啊！是我赢了！"

"但你说的是走过来的人类。"

"你也太斤斤计较了吧！小狗也在好好活着呢！那可是小狗大人！"

我很想吐槽"你难道是德川纲吉①吗"，然而在罹患重病的她面前，我什么都说不出口。

"所以这次打赌，是我赢了。"

"……知道了。"

"对了，我之前说过的吧，我只有你了。"

_____

① 江户幕府时将军，以爱狗闻名。

怎么突然说起这个？看她低头不知下一句该说什么的样子，让我想起了前几天两个人一起观星的时候。

随后，我理解了她说的"只有你了"到底指的是什么。不会吧？

"我，喜欢……你。"

我那意想不到的猜测，从她口中说了出来。

"请你和我交往。"

我有种时间似乎停止了的错觉，然而这好像真的只是字面意义上的错觉，我周围的景色依然正常。只有我自己如同时间静止一般，四肢不知该如何动作，也发不出声音。

我无意识间右脚后退了一步。但随后立刻发现，只是这样一个微小的动作，就深深伤害了她。

"哈哈，哈哈哈哈，也是呢。"

她强颜欢笑。然而，这个表情却在一瞬间瓦解。

"不，不是这样！"

我想告诉她，我并不是讨厌她。然而，我却说不出口。如果不是讨厌，那又是什么呢？如果她这样问我，我也无言以对。

"看吧，我就是这么任性自我的人。之前对你说不要喜欢上我，现在我又擅自喜欢上你了。"

她有些开玩笑地说着，但我不认为她在撒谎。因为她只会讲讲"膝盖与比萨""广辞苑与甲子园"之类的无聊谐音梗而已。

更重要的是，我不认为她会开可能伤害别人的玩笑。至少，在和她相处至今的日子里，我不认为她是那样的人。

只是我无法做出选择，做出与时日无多的她关系更进一步的选择。

"……我是你的摄影师，这是最重要的前提。"

"嗯。"

"所以，我必须遵守和你定下的约定。在我决定给你拍照时，你就对我说过不要喜欢上你。"

我只能以这种借口回答她。

"嗯，嗯，说得也是！啊哈哈，不好意思，讲了这么奇怪的话，我真傻啊。"

我很后悔没能回应她的心情，明明知道她是认真的。

我没有讨厌她，反而很敬佩她。然而，我却对加深和她的关系有所抗拒。喜欢上明知早晚会失去的人，是多么痛苦的事。

她强颜欢笑的样子刺痛了我，我的心也跟着被揪紧。

"就算没和你打赌，我也知道会是这个结果。谢谢你送我回来！送到这里就可以啦，再见！"

说着，她便径自离开了这里。

"在仰望这片星空的时候，你不觉得自己十分渺小吗？"

那天她曾这样说过。然而，她并不是所谓微不足道的人。能堂堂正正面对自己的内心、绝不逃避的人，不可能是微不足道的人。

而像我这样的人，比她微不足道得多。我的心胸和觉悟，都还远远不够。

我连为她拍照的真正意义都不明白，更没有搞懂她是以怎样的心情让我为她拍照的。

看着她的背影渐渐消失，我却一时间无法动弹。

这里只剩下伫立不动的我、后悔的心情和伤害了她的罪恶感。

"和香织发生什么了吗？"

刚回到家，母亲就来问我。我本想装作和平时一样无事发生，母亲却迅速发现了我不太对劲。

"没什么。"

"吵架了吗？"

"没吵架。"

"被讨厌了吗？"

"应该也没有。"

"那是被告白了？"

"……不是。"

"你在干什么，要好好珍惜香织啊。那孩子比外表看着还要更敏感，很容易被伤害到。"

我默默接受了母亲的严厉指控。

我不想洗澡也不想吃饭，径直回到自己的房间。我想回到房间好好思考她的心情、我自己的心情、我和她的关系，还有接下来怎么办，却毫无头绪。

"这又是……"

我看着自己的房间，露出苦笑。

"真行啊，能把什么都没有的房间搞乱成这样。"

房间里到处都残留着她存在的痕迹。

看到房间被翻乱的惨状，我想起了和她一起的时光。不过是多了她一个女孩子而已，平时安静的房间里却因为她的到来充满了笑声。对话不会中断，笑声不会消散，即便中途有时沉默，也绝不会令人感到尴尬。

不知何时起，我感觉和她一起度过的时间很开心。就算房间被弄乱，也不会生气，反而会让脑中快乐的回忆复苏。

"我只有你了……"

我现在才意识到，这本应是我的台词。让不苟言笑的我自然而然地露出笑容，一定只有你能做到。

我拿出手机，给她发送了一条消息。等不及她的回复，我便冲出了家门。

说起来，这应该是我第一次主动联系她。

我骑着摩托车赶往学校门前，这是我叫她出来见面的地方。

世界早已以夜色示人，不靠路灯几乎看不清周围环境。我在黑暗中等待了几十分钟，没有收到回信，但看到了她的身影。

"晚上好。"

"晚上好。"

我向她搭话，她的脚步和声线却有些沉重。她双眼通红，手脚颤抖。即便如此，那本刚刚给我看过的留下回忆的笔记，依然被她紧紧抱在胸前。

"谢谢你能来。"

"你突然发信息过来，吓了我一跳。"

她的神情落寞，让我也有些反常起来。以前虽说她能让我露出笑容，但那都是拜她一直以来的笑容所赐。我想再看看她的笑容。

"难得来了，去看看夜里的学校吧。"

"这个建议不像你提的啊。"

她的声音还有些沉重，但还似乎对这个提议产生兴趣，抬起头来。

"嗯，我想偶尔我带着你到处走走也不错，对你来说一定也会是美好的回忆。"

"……这样啊，那就一定要去了！"

她的表情终于缓和下来。我尽力不发出声音，爬上校门。

要是擅闯校园被发现，肯定少不了一通说教，甚至还可能受到停学处分。我这样想着，两个人还是成功闯入了学校。我没想到为了讨她的欢心，自己竟然能做到这种地步。

"天台的钥匙……"

她好像看穿了我的心思，从怀里掏出了钥匙，得意扬扬地秀给我看，那么要去的地方就决定好了。

学校里似乎还有老师没走，出入口大门还开着，我们悄悄地潜入教学楼。

"呼呼，心脏怦怦跳啊。"

一个人影都没有的走廊里回响着她的声音，只有消防器材的指示灯亮着，红色的灯光引起了我的不安。夜里的学校，比我想象中还要恐怖，而她却踏着轻快的脚步继续向前。

"你不怕黑？"

"不，我真的怕！游乐园的鬼屋什么的也害怕。"

"现在不害怕吗？"

"不怕，因为你就在我身边。"

"……"

她竟然能随口说出这样肉麻的话，而我对着她就没法直接这样。

我们继续朝着天台走去。

"到啦！"

打开天台大门，城市夜景在眼下缓缓展开。能看到住宅街区灯光星星点点，还有朦胧的星空。

"我第一次在夜里来到天台，风景真好。"

"我是天文部的，来过很多次了。"

她可能已经见惯了这样的景色，但在我眼里依然惊艳。

"星星也能模模糊糊地看到一些呢。"

"嗯嗯，能看得见。有天津四、牛郎星和织女星……"

她像那时去观星一样，一个个地把星星指给我看。

"夏季大三角？"

她所指的织女星，即便在模糊不清的星空之中，也闪烁着耀眼的光芒。像是要和它对抗一样，她回头看向我笑了起来，仿佛要和织女星竞争谁更耀眼。

"对你来说，是不是觉得如果在天台上能看到更多星星就好了？"

"确实，如果在学校天台上也能看到那时那样漂亮的星空就好了，不过没关系。"

"这样吗？"

"你快看，从这里看到的众多城市灯火，都是人们的生活。城市的灯光可能让星空看得没那么清楚，但这里的光每一道都是人们所散发出来的光芒，所以我觉得，这也是一处美景。"

她说着，脸上露出了温柔的微笑。

"你说得没错。"

悬挂在空中的织女星，也会用她那样温柔的笑容，守护着人们的生活吧。

"我啊，真的很想独占你，因为只有你愿意注视着真正的我，所以我才说喜欢你。"

"说实话……"她继续说着。

"旅行回来之后在医院，看见父母听医生说了什么之后就哭了。我猜一定是说我剩下的时间不多了，他们心急如焚吧。"

她淡淡地讲述这些事情，而表情却在努力强撑着不被这样的现实击溃，努力不让自己低下头来。

"我现在的身体状况让我不得不依靠他人。我一直依赖着爸爸妈妈、哥哥、医生，还有其他许多的人，而且还得靠输血才能继续活下去。所以我努力保持笑容，也是为了至少能让他们多少笑一笑，但现在我越来越搞不懂了。"

"……"

"为什么要笑？为什么能笑？随时都可能死亡的人竟然还能笑得出来，很奇怪吧？我渐渐不明白这样的自己了。"

这是在她内心深处，至今从未被揭开过的感情。她的恐惧，不光是面对纯粹的死亡，更是在面对受病情影响渐渐改变的自己。

"不过，你不一样。那一天，就是烟花大会下雨的那天。你把相机对准了我，你的视线确确实实在看着我，你只看着我一个人。这让我很开心。"

从她的口中，我听见了她一个个从未对他人说起的思绪。

"和你扯上关系后，我更确信了这一点。只有和你一起的时候，不管是你透过取景器看我的眼睛，还是你毫不客气的话语，让我明白这些都是只对着绫部香织这个女孩子做出的反应。被你拍摄的我一直笑着，甚至让我没空思考为什么自己会笑，所以我好希望能得到你。明明不久后就要死了，我却还是对你有满满的独占欲。"

停顿一会儿后，她继续说。

"我再说一遍，我喜欢你。喜欢你喜欢得不得了。"

几个小时前，我就从她口中听到了这句话，然而这次却没有之前说过的"请和我交往"了。

"我……"

我准备好了给她的回答。

"我是你的摄影师。"

"嗯。"

"所以，刚刚我也说过了，我不能喜欢上你，这是我们的约定。"

她直直地看向我。她一定很想堵住耳朵不听，但仍然没有逃避。

所以，我也必须正视才行。正视不想说出口的话，正视不能回应的后悔，正视她这个女孩子，绝不能再逃避。

"啊哈哈，我彻底被甩了啊！"

"不过。"

"……"

"我，想和你在一起。"

"欸……"

"我想和你在一起。你总有我从未有过的想法和发言，每一次都让我从你身上学到很多。和你一起的时光让我感到很开心，所以，我想和你在一起。"

我指着她一直小心翼翼抱着的笔记本。

"而且，今后还有很多很多想让我拍照的地方吧？"

"……你这个人也很自我啊！"

说着，她狠狠捶向我的肩膀。捶完也许气也消了，她有些泛红的脸转向我。

"你要和我一直在一起！到死也要一直在一起，我要让你后悔没早点和我这么好的女孩子交往！"

"你手下留情。"

"这个本子里写下的所有的地方，你都要陪我去！"

"嗯，当然。"

"……我死之前一定会一直喜欢你，这样可以吗？"

"我的荣幸。"

"你不遵守约定可不行！"

"我知道。"

也许是对我的回答表示满意，她展现出了至今从未见过的幸福笑容。

"那么你要一直做我的专属摄影师！"

最后，我们在没被老师发现的情况下离开了学校。

夜更深了，我提出了时间太晚要送她回家，她拒绝了。今天是她出院的日子。她说家人还在家里等着，如果我被她家人看到就不好了，于是我只能作罢。

"那么，再见。"

"再见。"

"我还有很多想去的地方，去的时候会联系你的！"

"我想早点做些准备，可以的话尽量提前联系我。"

"我会的！"

看来可能会随时出发，我有必要提前做好准备。

然后，我转身离开。

回家后，我又开始考虑她，还有今后的事。

我和她并没有成为恋爱关系，但是，我不再逃避她了。

我要拍摄她的照片。

感觉有些明白了父亲当时的心情。

虽说父亲为了让人们露出笑容才拿起了相机，但我从未想过，为什么选择用相机拍照这种方式。

父亲一定是为了让人们笑着的样子保留到将来，才会选择使用相机。即便病人去世，其音容笑貌也能留给未来。

我还有能为她做的事、想为她做的事。

一定只有我，才能拍出她最闪耀的身姿。

令人痛苦，但我更想保留下她的一切，这是我发自内心的想法。

我要把她的身影带到未来。

我下定决心，要一直拍摄到她的最后一刻。

"我要拍下你的遗照。"

第
六
章

结果，两天后我就被她叫出来了。她一秒都不想浪费暑假。

她似乎要充分利用这个暑假，把想去拍照的地方全都去个遍。

首先，我们来到了游乐园。以前我只和家人一起来过一次，所以几乎对它没什么了解。但这里的名字我还是听过的，是个很有名气也很有人气的游乐园。

"哎呀，没想到这里这么受欢迎。"

"没想到连一天的空房都没有。"

我们来到游乐园直营的酒店，想随便问问预订状况，没想到整个八月一间空房都没有了。

因此，为了调整心情，我们决定把园内所有游乐项目都玩一遍。

"哎呀，好多人呀！"

"为什么只有几分钟玩乐时间的项目要等待一个小时之久？我无法理解。这样的话时间主要都用在排队上面了，根本算不上是什么娱乐项目。"

"不见得就是这样吧？我们又不是总来，我觉得怎样快乐度过等待时间才更重要。"

"明明就在娱乐项目，却要自己找乐子，这是本末倒置。"

"哎呀哎呀，别说这种话了，最重要的还是先享受这个与现实世界完全不同的世界观吧。哎，机会来啦！"

快门声响起。她的手机里存了许多张拍了我的照片。她好像总是趁我不注意的时候拍我。

"哎呀，这可能是个好机会。"

这里有很多年轻游客，还有很多人全家出动来玩，所以园内设置了不少拍照地点。就像她说的那样，这里以幻想世界为背景，是拍照的绝佳环境。

"哦哦！上去了上去了！好刺激！"

"嗯，是啊。不过上去了就代表迟早要下来了。"

"嘻嘻，这不是很有意思吗，你难道恐高？"

"有一点怕而已。"

"就是说嘛，能感觉出来。我喜欢高的地方——啊啊啊啊啊！"

你很喜欢高的地方啊。似乎要打断我的思考和她的话一般，我们乘坐的设施突然急速下落。

我因为害怕，紧紧握住了手边的扶手，她却一边尖叫着一边满脸笑容张开双臂。

这个项目有着"地心历险"这样的夸张名字，它的速度也快得夸张，达到每小时 75 公里。没有什么东西能挡住迎面吹来的大风，就这样急速下降，不可能不害怕。

由于我沉浸在恐惧中，完全没注意到什么时候就被拍了下来。似乎是在下落时抓拍的照片，我们毫不犹豫地把它买下了。

快乐得笑着高举双手的她，和紧紧握住把手忍耐恐惧双眼紧闭的我，照片中的我们截然不同。对我来说，这算不上什么有意思的照片，但看到她满足的表情，我觉得这样也好。我大概是已经习惯她的节奏了。

"这样你的清单就又完成一项了。"

"嗯，是的！谢谢你！"

然而，她似乎还没有完全满足，最后我们又去坐了四次，又下坠了四次。即便如此，在第四次降落结束后，我立刻举起相机。拍到了她自然的笑容，让我原谅了这一切。

"哇，太累了！"

"我也要有心理阴影了。"

"这会变成我活着的证明呢。"

"能不能别多余解释了？这会是你留下的诅咒。"

我们一连挑战了几个项目，我已经有了晕车的症状，她也玩累了，于是我们进入了附近的餐厅。虽说是附近，但毕竟还在园内，氛围和价格上都和家庭餐厅不同。

"我已经站不起来了。好凉快！这个空间让我变成废人了。"

"同意。我也不想动了。"

虽然只玩了几个项目而已，但在排队上花了不少时间。太阳已经落山，我们的疲劳和饥饿也已经达到极限。两个人都已经没了力气，只想让自己休息。

"啊，对了。"

"太累了，能不能之后再说？"

"我还什么都没说呢！"

"你要说要做的事情，只会让我更累。"

"这话太过分了吧！不过这次真的不会给你添麻烦的。"

"给你添麻烦"，这个词似乎才是重点。等我反应过来，她把店员叫了过来，好像在点些什么。

"老板！还是老样子！"

"这个人不是老板吧。"

这应该是在酒吧说的台词吧。然而，对她来说地点不重要，甚至还浮现出相当满意的笑容。

"没什么没什么。"

店员十分困惑。尽管这座有名的游乐园在员工培训上下了很大功夫，但接待她这种意料之外的难缠客人，肯定很难吧。

我很同情这位被她抓住又被她缠住的店员，但这些行动也都是为了她自己。一旦店员变成她的诱饵，我就把频频刁难别人的她拍下来。

她的那本笔记，在一点点填满。

几天后，我们又出了远门。

虽然她提出了"想去乌尤尼盐沼"这种不合理的难题，但毕竟我们还是两个高中生，实在是无法远渡重洋到达地球的另一端。于是我向她提出了替代方案，去国内的观光景点，最终征得了她的同意。

她的父母好像也希望生病的女儿过得更自由些，对她旁若无人的举止可谓宽容，甚至可以说是"助纣为虐"。我母亲也一概全盘肯定她的行为，结果就是我们完全不用担心出门旅行的资金。

这么说来，她在金钱上面大手大脚得令人费解，也都说得通了。

"我第一次来四国这边！"

"我也是，去过北海道和九州，但四国是第一次来。"

一大早，我们就坐上新干线向西行进，在西边的大城市换乘巴士，去往四国地区。

早上起得很早，再加上至今为止最长的旅行距离，在坐上新干线时，她全身上下的活力因期待而不断释放，但在换乘去往四国的巴士时，那股气势就渐渐消散了。我揉揉眼睛，她却已经睡着了。

想到这里，发现这是我第一次看到她的睡颜。以前和她在外过夜的时候，我的良心让我犹豫过要不要偷看她的睡脸。这次我心想不能错过机会，便拿出相机，在尽力不把她惊醒的同时按下快门。平时面对相机时她就很上镜，像现在这样毫无防备自然无瑕的样子，也体现了她的风格。

我拍了几张她的睡颜，才后知后觉如果被发现了她一定会生气，于是放下了相机。

也许是因为我动了几下，正睡着的她重心朝我的方向倾斜过来。她的脑袋枕在我的肩膀上，我却没有把她推回去。

她的头发紧贴着我，传来了清爽的洗发水香味。我还没有大胆到陷入熟睡的程度，但我的动作可能会把她惊醒，我什么都做不了，只好也闭上了眼睛。

我们就这样随着巴士摇摇晃晃，去往目的地。

"马上就到了。"

听我说完，刚醒来的她迷迷糊糊地看向窗外。窗外海景逐渐展现，她的惺忪睡眼也随之睁大。在路上花费了八小时，期待的景色终于显现出来。

"哇！"

"嗯……"

下车后，附近就是海边。看到这样的美景，我们同时发出感叹。

浅海上远远能眺望到一些小岛，而橘红色的太阳就伫立在这些岛屿后面，反射出的光芒照出了一个被晚霞映红的世界。

"喂喂，快点去沙滩那边吧！"

"好啊。"

这里不愧被称为是"日本的乌尤尼盐沼"，虽然还能看见其他游客，但相对还很空旷，我们便没有在意。

这里无风无云，对追求这种景色的我来说，是个理想的拍摄地。

走近因退潮形成的潮间带，水面如同镜子般透明清澈，原原本本地反射出映照其上的事物，甚至让我觉得这可能是我们与另一个世界的交界。

她让自己的身影倒映在水面上，玩了起来。

"怎么样？有花半天时间来这里的价值吗？"

"嗯！真的太漂亮了！"

她似乎又恢复了早上的元气，在反射的水面前辚辚辚辚地转个不停，像在跳舞一样，全身上下都在表达着她的喜悦。

"那就好。对我来说，也很庆幸不用非得跑去玻利维亚。"

"玻利维亚？"

"就是有着乌尤尼盐沼的国家，在地球的另一面。"

如果我们真的要去玻利维亚，那就不知道路上要花费多长时间，可能得高于这次几十倍了。

即便如此，我想如果有机会成行的话，和她两个人一起去看地球另一面能反射世界的景色，也不错。

"不过，去看星空的时候也是这样，每次和你出远门的时候天气肯定会好，难道你是晴天女孩？"

"那一定是神明可怜我。看到我的寿命被缩短，就用其他的东西补偿我。"

"真是任性自我的神明啊。"

"那一天正好和你相遇，也许也是神明的安排。"

"……"

将人与人的相遇也看作是神明的怜悯，这样的想法令我悲伤。如果是她的话，即便走上了不同的道路，也一定会想方设法与我扯上关系。能和她相遇真是太好了，因此我希望至少这是她自己的意愿。

"你觉得遇见我是麻烦吗？"

"不，我一直觉得能遇见你真是太好了。"

听到我的话，她的瞳孔有些震动。

"欸，啊，啊哈哈哈……你怎么突然变得这么坦率了？"

她立刻举止温顺起来，而我却很难应付这种甜蜜尴尬的氛围，更别说她这种"得了便宜还卖乖"的人了。

"好不容易用半天时间才来到这里，那就一直拍到满意为止吧。"

"嗯，是啊是啊。"

我站在岸边拿起相机。不能毁了我和她的关系，因为我和她的这种暧昧关系，正是因为相机才能持续下去的。

我重新调整色彩模式，接近夕阳真正的颜色，然后按下了一次快门。

以夕阳西下为背景，橘色的世界反射在潮间带上，这样的景色只能用幻想来形容。然而，她的表情却由于逆光而看不真切。

"怎么样，刚刚拍的照片？"

我询问她的意见。我一直认为拍照是与自身技术的较量，但在遇见她之后，又从她身上学到，拍照是所有因素共同创造的产物。

"哇，好厉害！"

无论天空还是地面，都映照出渐渐染红的夕阳和富有跳跃感的云彩，这样的作品的确有些艺术性。而她作为一个模特，表现越来越好了，也越来越有感觉了。

"不过，没拍到你的表情。"

"看着漂亮就行，这不是很好吗？"

"如果单纯只是作为一个摄影师的话，这样可能就可以了。但我是你的摄影师，不把你拍出来就没有意义。"

我认真地回答。听我严肃起来的声音，她惊讶了一瞬间，随后又说着"这样也对"，同意了我的想法。

我暂时放下了相机。因为她说想用自己的手机也试着拍拍，于是我就教她如何拍出好看的夕阳，还按照最近形成的惯例，拍了我和她的二人合照。

直到夕阳彻底西沉，我们为这幻想般的世界拍下了不知多少张照片。

"好——累——啊——"

"是因为最近一直去外面玩吧，疲劳也积攒了不少。"

拍摄结束后，我们饭也没吃，为了快点休息马上冲去宾馆办理入住。为了拍摄她笔记里写的夜景，我们选了价格和楼层都很高的房间。

为此，她用"房间价格既然已经这么高了，不订双人房的话就会多花很多钱"的理由说服了我，最终订了一间双人房。房间里只有一张床，但所幸还有一张高级沙发，用来睡觉应该没有问题。

我还在观察着室内的豪华装潢，她已经一溜烟儿地进了浴室，把我一个人留在了这个大房间里。我也想尽量早点洗澡，但还是秉持着"女士优先"的原则，把浴室让给她吧。

在她泡澡时我无所事事，就到宾馆附属的便利店买了点简餐。早饭还能在宾馆享受自助餐，今天的晚饭就只能用便利店的东西简单应付一口了。

"好舒服！宾馆的浴室太好了！"

我回到房间时，便看到刚刚出浴的她。她摸着还没擦干的黑发，穿着件单薄的衣服眺望着窗外的景色。

她背对着我的样子，可以说是毫无防备。她难道没有什么贞操观念吗？神明忘了给她准备好运和对抗病魔的抗体，除此之外也许还忘了许多其他东西。

"哦哦，你买了什么回来？"

她瞥了我一眼，似乎是看到了我左手拿着的塑料袋，对里面的东西产生了兴趣。

"简单的晚饭。今天就先对付一口吧。"

"谢谢你特地买饭回来。"

然而，她实际上有些心不在焉。

她再次把视线转回窗外。她瘦弱的背影，为什么看着有些寂寞呢？

"哎，我现在很幸福啊。"

她说着，看都不看我一眼，一直看向窗外的景色。

"能看到大海的夜景，安静又漂亮。而且还是和你一起看到的，我很幸福。"

"……"

"如果是为了和你一起看到这样的景色，我才会生病的话，那么我也毫无怨言了，我很满足。"

她很满足。她这番话令人悲伤，因为那听上去似乎在说，她已经别无所求了。

"我觉得不能让你因为这点事就释怀吧。"

总觉得不像她。她的话里，似乎掺杂了放弃。

"你不是说你讨厌神明吗？"

"是啊。不过，如果我没生病，就不能遇见你了。所以我觉得我还是可以挺起胸膛说，现在的我是最幸福的。挺起我自豪的胸膛。"

她穿得很少，害我不知该把视线放在哪里。

"你是得了不能好好说话的病吗？"

她开玩笑的说话方式中一直潜藏着温柔。我嘴上损她，却明白她这是不想让我感到难堪。

"也许吧！我生了好多病，太不容易了！"

她说着说着就回过了头，我赶紧趁机按下快门。她好像知道我在拍她，以广阔无垠的夜间大海为背景，露出了笑脸。

"啊！这里还能看见星星！"

"果然建筑物的照明少了，就能看到比城市里更漂亮的星空了。"

"嗯嗯。……啊啊，我也想成为星星啊。"

望向深夜另一边的光芒，她轻声低语。

我已经明白了她话里的意义。正是因为她与死亡仅仅一线之隔，她才会许下这样的愿望。无论她说她如何满足、如何幸福，现实依然残酷。

比起成为照耀后世的星星，我更希望她今后一直是在我的镜头下闪闪发光的模特。

"织女星和牛郎星都能看得一清二楚，那都是我们的星星啊。"

"我还没自恋到觉得自己是那么闪耀的星星。"

"那么到你成为牛郎星大人为止，我会一直等着你啊。"

她会等我。从没有未来的她口中听到这样的话，感觉很不自然。

我有种不知如何是好的不安。重重地压在我心中的阴暗感情，把我的意识、我的思考、我的所有都一并夺走。

她的话一直在我脑中不断盘旋。她要在哪里等待我呢？

我这样想着，被焦躁驱使着，以自己从未有过的粗鲁用力把她扳过来朝向我。

"……"

"……"

沉默横亘在我们中间。从沉默中读到的她的表情，让我更加不安。她的双眼因受惊而睁大，其中甚至还有感到些许恐惧的困惑。

"……你怎么了？"

"对不起。"

我立刻放手。我刚刚到底想干什么？我的思考甚至追不上自己的行动。

"喂喂，你可是摄影师啊，破坏约定可不行。啊，难不成你想亲我了？"

她故意调侃着我。然而，我什么都说不出来。

"你说点什么啊。你这样显得我很奇怪啊。"

"……因为我害怕。"

"嗯？害怕什么？"

"今天你有点奇怪。不是，虽然我一直觉得你有点奇怪，但尽管我已经习惯了你这个样子，还是觉得你今天尤其奇怪。"

"你真会挑时候，现在说这么过分的话。"

今天的她，一反常态地脆弱。

在人们眼里时常保持笑容的她，今天却常常显露出不像她这个人会有的表情，简直判若两人。

也许是我多虑了。也许只是大老远来这里让我变得胆怯。然而，我的不安却一直萦绕心头。

"……你啊。"

"怎么了？"

"还不会死吧？"

我问出了一直很在意的事。

人终有一死。无论是她还是我，都逃不掉这个结局，但我仍然不希望她死。我无法想象没有她的日子。

"……嘻嘻，别担心，我还不会死。"

"真的？"

"嗯，真的。我再怎么任性自我，也不会任性到随随便便就死掉的，所以你放心吧。"

我没有错过她低头的一瞬间。

我第一次，没有相信她的话。

"……这样啊，那就好。"

"你是在担心我吗？"

"还好。"

"真是的，一点都不诚实。"

还没有拍到她作为模特最好的照片。不过，就算没有拍照这件事，我也不希望她离开。

那之后，我们俩吃了在便利店里买的晚饭，然后我进了浴室。在那期间，她似乎睡着了，一个人占领了整张双人床，睡得很香。

"还好今天按照你的要求，拍到了乌尤尼盐沼那样的照片。这样你的清单里又能完成一项了吧。"

"……嘶……哈……"

回答我的，只有她睡得舒服的鼻息。那么有活力的她，却患上了大病。她的身体比正常人更需要多加照料，这样的生活一定让她筋疲力尽了吧。

如果，她的笔记全部填满，在那之后的她，还有我，该怎么办呢？

她嘴里嘟囔着不知什么愉悦的梦话，我给她盖上了被子。她竟然能毫无防备地睡得这么香，我正不禁为此感叹时，她的手突然抓住了我的胳膊。

"……不要离开我啊……"

"……你才是。"

就当这也是梦话吧。直到她纤细的手渐渐没了抓我手臂的力气，我一直待在她身边。我轻轻握住她比我小一圈的手，祝她做个好梦。

回家后，我们也一直在拍照，就在她说想去的那些地方。下雨天就去水族馆，晴天就去动物园，不管是阴天还是刮风的日子，我们都会约出来见面拍照。回过神来才发现，暑假已经经过了一半，高二年级暑假的回忆，几乎都被她填满。

就在那时，也就是为再次长途旅行做准备，要一起讨论行程的那天早上，我收到了她发来的信息。

她似乎以检查的名义，被告知需要再次住院一周时间。

还不等她拒绝，我就跑到医院，径直来到她的病房。她没告诉我是在哪个医院，也许是觉得没这个必要吧。然而，我的母亲是负责她的护士，就算不知道她在哪里住院，至少也知道母亲在哪里工作。

这是我第一次去病房探望她。

和她打上交道，或者说不得不和她打交道开始，到现在也才过了一个半月。不过，也许是因为和她一起度过的回忆浓度太高，感觉却像是过了很久很久。然而，她却很少对我展露过作为病人的一面。正因如此，我才会犹豫要不要来探望，但最后还是到了这里。

房门上写着"绫部香织"，我敲了敲门。

"请进——"

她的声音里没什么紧张感，让有些紧绷的我稍稍缓和下来。

"我来看你了。"

"……我不记得有告诉过你我在哪家医院。"

"妈妈在哪儿工作我还是知道的。"

"啊！又是智子女士啊！"

她错了。之前知道她生病的事就是我母亲告诉我的，我怎么可能不知道她住在哪家医院呢？

之后她反反复复地念叨着"要来就来，怎么不提前跟我说一声呢"，看到我带来的果冻，她又老实了下来。那样子就像狗粮在眼前乖乖等待喂食的小狗，有些好笑。

我走进她的病床，把果冻交给躺在病床上的她。

"那么你身体怎么样？"

"嗯——没什么事……这是什么，这么好吃！"

"我都担心得来看你了，你就什么都不准备告诉我吗？"

她仍然兴奋地沉浸在前几天作为中元节礼物送来的高级果冻中，把我的问题放在第二位。

"因为没什么特别要说的嘛，检查还没全部做完，结果也还没出来。对了，你也吃点果冻嘛。"

原来如此，是这样啊。我来得好像不是时候。

"真的，好好吃。"

"是吧？"

明明是我带来的东西，她的样子反倒像是带礼物来的人一样。

自然而然地，我拿走了麝香葡萄味，她拿走的则是巨峰葡萄味，我们的想法似乎达成了一致。

"还想再去吃水果、看星星啊。"

"是啊。"

"还有冬天的星空也必须去看。"

"不过冬天就几乎没有葡萄了。"

"啊，也是……"

"冬天的水果，就是蜜柑和草莓了吧。"

"草莓！"

她好像很喜欢吃草莓，对"草莓"这个词反应很大，迅速从手边的箱子里拿走了草莓味的果冻。

"不过，草莓应季的时候是在四月份左右。"

"是吗？"

"嗯，因为圣诞节大家对草莓的需求量很大，才用温室大棚栽培，把草莓强行变成了冬天的水果。"

"现在的技术甚至都能改变水果的应季时期了。不过这也是没办法，没有草莓的奶油蛋糕看着太空虚了。"

她往嘴里塞着草莓果冻，轻轻叹了口气。

"如果现在的技术，也能让我最好的时期提前就好了。"

"你这话很不得了啊。"

"因为一个女人最好的时候，就是二十岁到三十岁之间吧？我肯定活不到那个时候，所以想在死之前要是能更成熟点就好了。十年后的我，肯定会变成身材超好超受欢迎的大姐姐！"

她的无心之言向我展示了现实，她已被命运决定的、没有未来的现实。

然而，我为这个现实伤感似乎不太合理。明明她自己现在躺在病床上还能以笑容示人，我也必须这样，否则，就没资格站在她面前了。

"那我还真期待。"

她展望未来时的表情，有时会有些阴霾。没有未来的人展望未来，实在太残酷了。但我决定装作没看到，因为这应该是她所希望的。

"你肯定不会改变太多。"

"你在说什么。我当然也会成为聪明成熟的男人了。"

什么啊，这也太好笑了——看她笑了，我感觉不安正在内心深处渐渐消失。

然后我们又聊了些有的没的，在她扫光我带来的果冻后，就到我离开的时候了。

"喂喂，之后就不用再来看我了。"

"……怎么突然这么说。给你添麻烦了？"

"不是，但我会很困扰，或者说很难受。"

"这样啊，对不起。"

"不用道歉……只是因为忍耐很辛苦。你出了病房后，我肯定马上就想再和你见面，这很难受。你来看我，我也得要求自己不能任性，这也很难受。所以别来了。"

她今天相对来讲稳重一些，原来是因为这样啊。

她落寞的表情映入我的眼帘，我马上拿起了相机。

"欸，你要干什么？"

"我是你的摄影师，要拍下你各种各样的表情。"

说着，我按下快门。

"一直都在笑着的你，难得露出寂寞的表情，我觉得有必要拍下来。"

"别拍这些啊！我没让你拍这种照片啊！"

她把脸埋进双臂里，我却毫不在意，继续按下快门。

"我想拍。"

"什么？"

"你各种各样的表情，我都想拍下来。"

她愣住了，却没有打断我，继续听我说。

"我一直都是个被动的人，为了应对你的蛮横，一直被你牵着走，让我更被动了。但我现在是自愿主动想拍下你的样子，这就是我现在的想法。"

"为什么……"

听完我这番不像自己会说出的话，她难掩心中的动摇。于是，我继续乘胜追击。

"我一定会活到八十岁。"

"欸？"

"我想至少要活到八十岁。所以，如果真能活到那个时候，我再怎么被动，肯定也会想做什么就做什么。就像现在不管你怎么想，我都要拍下你一样。"

"……嗯。"

"所以就算你真的马上就要走了，就在活着的时候，把接下来几十年的任性都说出来吧。假设我能活到八十岁，任性程度也可能比不上活了十七年的你，但你可以把将来想给某个人添的麻烦，在剩下的时间里全都说出来。"

"……真的？"

"嗯。就算你讨厌的神明不允许你这样，被你告白的我也会全盘接受，至少你可以对我任性，给我添麻烦。"

听我"大放厥词"，她睁大了眼睛，随后脸上的皱纹加深，高兴地笑了起来。

"嘻嘻嘻，什么啊！啊哈哈哈哈！"

"总之就是这样，你不适合忍耐。"

"我也有自知之明的！"

"还有自知之明，很好。"

"那我就要说出第一个任性的要求了！"

"是什么？"

"从现在开始的一个月后，听说会有不合时令的流星群，一起去看吧。"

"我会好好考虑。"

背后是她的笑声，这次要离开病房了。

"天野同学！"

时隔许久，她再一次叫出了我的名字。

我回过头，看到了她的满面笑容。

"好喜欢你！"

不带一丝犹疑。

"之前听你说过了。"

"嗯！出院之后，我第一个就要见到你！"

听着她的宣言，我离开了病房。我本应拍下那个笑容，但不知为何，总感觉把它仅仅留在照片里有些浪费。

一周后，在那个本应出院的日子里，她却没有来和我见面。

第
七
章

在她本应该出院的那天，却收到了住院延长两周的消息，我失落不已。

只是延长了检查时间而已，在电话里听她本人这样说，我没有过度担忧，但很难说一点不安都没有。

无法平静下来的心情再加上本应和她见面的时间被空了出来，我决定把至今为止洗出来的照片整理一下。

从最开始在学校天台上拍的照片，到在宾馆里拍摄的以夜里大海为背景的照片，粗略数来已经超过了三百张。就是这些照片，构建出了我和她之间的种种回忆。

"遗像……"

要留下她的遗影，我该做的就是这样。要从中选出她的遗像，并非易事。

即便回想起愉快的记忆，也想不出什么照片才适合作她的遗像。

一开始，她的神态动作还有些僵硬，越到后面越自然了。但这些并非遗像，全都是单纯作为模特露出的笑容、享受美食的幸福、毫无防备的睡颜，还有我一时兴起随手拍下的照片。感觉无论哪张都不适合作为遗像。

在我看来，遗像应该是她能留到未来的身影。日常感满满的表情和有意拍下的照片固然也可以，但我内心深处却并不这么觉得。

她的照片，与我设想的遗像还有些差别。我无法用语言明确说明，但更无法自信地说出"这就是她的遗像"。

我一直被这个问题所困扰，不知不觉间进入了梦乡。

手机在安静的房间里响起，我才意识到刚刚自己睡着了。

"喂？"

"……"

没有回答，让我惊讶了一瞬。随后，电话里传来了虽然熟悉但听起来却没那么熟悉的声音，震动着我的鼓膜。

"……好难受，真的好难受，你快来！"

她的声音好像被焦躁驱使着，比闹钟的效果还要惊人。

白天人潮汹涌的主要城市，在日期更替的深夜里也几乎看不到人影。路上一个人都没有，但看到显示时间的巨大摩天轮，也知道日期早已更新。

我骑着摩托车，全速疾驰在深夜的街道之中。

她正坐在车站前的长椅上。

尽管是深夜，但正值盛夏，一点都不冷，然而她却穿着长袖。

"怎么了？"

"好难受。"

突然被搭话，她也没有露出惊讶的样子，只是一直低着头。

"发生什么了吗？"

第一个问题是问她叫我出来的理由，第二个问题是关于她的病情。

"我想见你。"

她把视线转向了我。她的眼眸满是见到了我的安心。

"我想见你，但见不到你，太难受了。让你偷偷潜进医院里不太好，所以我就跑出来等你了。"

"就是因为这个跑出来了？"

"嗯，是的。"

"……唉。"

我愣住了。我还以为她的身体出了什么事，才立刻跑过来的。

"你别叹气啊。"

"你倒是别让我叹气啊。"

归根结底，我的想象不过是杞人忧天。

"那我们回医院吧。"

"欸，不要啊。好不容易才见到你。"

"我觉得半夜偷偷跑出来还是不太好。"

"嗯——我也不知道到底好不好，但如果就这么分开了，我要是明天就死了的话，你肯定会后悔。"

"……"

"重要的是现在想做什么。我想和你说说话，想和你在一起。你呢？"

她说得没错。判断到底好不好的阶段已经过去了，重要的是，她想做什么。

大马路上没有车也没有人。我们走在空旷的大道中央，让我有种世界上只剩下她和我的感觉。好像独占了夜里的城市，有些奇妙的违背道德的感觉。

"喂喂，今天带相机了吗？"

"啊，抱歉。来得太急了，没带相机。"

"这样啊。那么，嘻嘻嘻，今天是只有我和你的时间，谁也不会留下任何记录。"

说着，她发自内心地开心笑了起来。

大约一小时里，我和她一直在附近散步。虽然就在医院周围，她却好像很少往这里来，处处都是新鲜事物。

　　尽管如此，忽然映入眼帘的砖瓦建筑还是让我有些怀念，她也有同样的感觉。

　　"明明是不久前发生的事，感觉却像是很久以前了。"

　　"是啊。那个时候，我对你还有太多不了解的地方。"

　　"嘻嘻，了解我之后是不是很开心？"

　　"嗯，很开心。"

　　我诚实地点点头。都到这种时候了，我不想因为羞耻，就愚蠢地隐瞒真心。

　　"你比那个时候更坦率了。"

　　"是你的话也未尝不可。"

　　"嗯，谢谢你。"

　　深夜让这里看起来有些寂寥，也让我们感到有些寂寞。不想太过感伤，于是我们迅速离开了这里。

　　之后我们顺路去便利店买了点简餐，拼命阻止她不要擅闯半夜的游乐园，还一起去了游戏厅。

　　"以前一直都是带着相机到处拍，偶尔像现在这样也不错。"

　　"之前就说过了，我不喜欢被拍照。"

　　我被她半强迫地拉进游戏厅里的大头贴机器那里拍了照。结果，我的表情十分惨烈，与此相对她却笑得非常开心，拍出来的照片惨不忍睹。

"嘻嘻嘻，这也是不错的回忆啊。"

视线落在照片上，她在深夜的马路上走着跳舞一般的脚步。她在路灯下轻快行走，就像舞者一样。

"只有你觉得好吧，我只觉得丢人。"

"别这么说。能让一个女孩子开心，你的丢人也不算白费！"

"我的羞耻心可不是为了让你开心用的。"

话虽这样说，但看到她满足的笑脸，怎么也生不起气来。

正想着，她的身体突然倒下来。

"——"

我发不出声来，立刻伸手抓住她的手臂。还好没让她摔倒，但我的心却跳得飞快。

"啊，对不起，谢谢。"

"怎么了？"

"没怎么，只是有点踩空了而已。最近没怎么走路。"

"……稍微小心点。你要是摔倒受伤了，就太危险了。"

"嗯，我会注意的。"

看她没事，我放下心来听她反省，想松开抓住她手臂的手——

"别放开。"

然而，我没能做到。正确来讲，她反过来抓住了我的手。不，更确切地说是握住了我的手。

"……怎么了？"

"别离开我。"

"果然今天是有什么事吧？"

她今天的样子实在不能说是平常。她也许是在装作平常的样子，但怎么看都不自然。

然而，她却没有回答我的问题。相反，我感到了一丝温暖。

"……你在做什么？"

"嗯，这个就是拥抱。"

她的双臂环到我的背后，用力拉过我，全身紧紧贴在我身上。

"其实我一直想这么做，想感受你的体温。"

大马路上一辆车都没有，我们在四车道宽阔大道的中央紧紧拥抱着。

唯独现在，世界上只剩我们二人，是无人责骂我们，一切都被允许的空间。对我来说，这段时间就是这样。

"你说过的，怎么任性撒娇都可以。"

"不是怎么都可以，仅限于你这一生而已。"

"那就是怎么都可以。"

"是吗？"

"是啊，我的撒娇方式就是这样。"

"那就没办法了。"

我也把手环绕到她背后。

是我说要陪着她任性的，我没有拒绝的理由。

"嘻嘻，你说我怎么撒娇都可以，可别反悔哟。"

"不会的。"

我们一直紧紧拥抱着，不是因为喜欢，只是在陪她任性。因为我想，若是没有说出这个前提，我不会被允许做出这样的事。

我不会喜欢上她。我不能喜欢上她。

我们不知紧紧拥抱了多久。直到听见车辆由远及近驶来的声音，才不知谁先开始，放开了对方。

在那之后，我们漫无目的地继续走着，最后在海边台阶石板上坐下，冷静下来。

"喂……"

"怎么了？"

"我还有一个任性的要求，可以说吗？"

"嗯，说吧。"

得到我的肯定，她深吸一口气，把手放在胸口。

"……我想和你亲吻。"

我咀嚼着她话里的意义，视线转向坐在旁边的她。她也满脸通红地直直盯着我。

我一句话也说不出来。心里的天平无法衡量。我无法判断，能否用"任性"的借口接受这样的行为。

"这样的话，我想我就能好好回病房去了。其实本打算在和你拥抱过后，再说完想说的话就回去的，但我的脚步一直特别特别沉重。我的全身都在拒绝着和你分开。"

"……那是因为住院时间被延长了两个星期吗？"

"也许也有这个原因吧。不过，不光是因为这个，我……"

我看到了平时始终保持笑脸的她，面具上出现的裂痕。那是在排除所有逞强、面子和欺瞒过后的，她本来的面目。是医生，甚至家人可能都没有见过的，她真正的表情。

倏地，她的脸颊划过一道泪光。

那是在城市里一颗星星都看不到的黑暗之中，最美丽的那道光。

"我……很怕死。"

她吐露出埋藏至今的秘密，像是她的自白，也像是在对我倾诉。

"每天都很怕睡觉，担心能不能迎来第二天的早晨。"

"很怕医院里医生说的话。"

"很怕让家人担心。"

"很怕和朋友们一起度过的日常。"

"这些让我意识到现实的所有，都让我害怕。"

不过，更可怕的是，她继续说。

"和你分开，是最害怕的。"

她这样说。

对死亡的恐惧，最大的原因就在我身上。

而我，也对和她分别这件事，怕得不得了。

不过，我同时也觉得有些意外。

那是照片里拍出来的她。之所以她出现与遗像不相符的违和感，是因为看透了生死。照片中的她，是理解了自己即将死亡的人的表情。正因如此，正因理解了死亡的现实，才会一直保持笑容。

但她还是恐惧死亡。

她能在至今为止每一次的无理遭遇中保持笑容，其实一直都是在逞强吧。那种痛苦，实在是太过煎熬了。

"说实话，我一直觉得你是不是不怕死。"

"嗯。不可能不怕，只是接受了事实。"

"那么……"

"你觉得是谁的错？"

她似乎有些生气，脸颊稍稍鼓了起来。

"就是你的错。遇见你之后，我就变了。"

她说。

"我变得想活下去了。"

"……"

"遇见你，感受到你的温柔、你的温度、你的心灵。在这个过程中，我想活下去了，想和你一直在一起，想和你去各种各样的地方，做各种各样的事。如果能实现的话，还想和你坠入爱河。"

都是些怎么都无法实现的愿望。这一定是在她的所有任性中，最迫切想实现的要求。

"如果说这是你的任性的话，我都会接受。走吧，我们一起走遍各个地方吧。"

"不过呢，我已经没有时间了。"

她的声音冷酷地响了起来。

"两周后，我就要做手术了。明天开始就去无菌室接受治疗。"

"这是怎么回事……"

"之前也说过了，没找到适配我的骨髓。不过，这样下去只能让病情恶化，所以决定接受手术了。"

她这样说，听上去仿佛就要彻底放弃我了。

从她的语气中很容易想象到，手术的风险会有多大。

"我是为了告诉你这件事，今天才叫你出来的。"

她越是抱着希望，时间就越来越侵蚀她的身体。这就是残酷的现实。

"所以，至今为止，谢谢你。"

——她执着地拒绝了和我的见面，还有我的探望。

我为自身的无能为力而感到焦躁，质问母亲，终于问出了理由。

我哑口无言，感受到的不仅是恐惧，更是悲伤。

在无菌室中，她要将身体暴露在大量药物和放射线之中。副作用会导致头发脱落、全身瘀青，所以她才不想见你，母亲这样告诉我。

母亲说，这是移植他人骨髓的必需过程。

如果真的有安排如此现实的神明，也太过卑劣了。把不可理喻、毫无道理的事强加在她身上，不，让她的生命暴露在危急之中也无所谓的神，我不会原谅。"讨厌神明"，她也一定是以这样的心情，堂堂宣告着憎恨神明的吧。事到如今，我才明白她一部分的心情，可为时已晚。

沉默的两周时间，太过漫长。

然而，那一天还是到了。

她的手术，失败了。

她的身体，排斥了所有他人的骨髓——

得知她手术失败，我意外地平静，反倒是电话那端的母亲的声音，听起来更加难受。

我不知道，到底是我还没接受她离开的现实，还是很早以前就做好了迎接她死期的心理准备。

毫无慌乱地结束和母亲的电话后，我着手自己该做的事，甚至没有一丝悲伤。我绝不能破坏和她的约定。

她的照片堆积如山，我一张一张地确认这些照片。我是摄影师，是她专属的摄影师。我现在要做的，只有一件事。

眼前堆积的是和她一起的回忆。不管看到哪张照片，都会让我想起当时鲜明的情景。仅仅是回忆着和她一起的时光，当时感受到的快乐便苏醒了。

尽管如此，越是回忆，我的心越被揪紧，在快乐的背面，也积攒着痛苦。被揪紧的心让我陷入无可奈何的苦痛，但我仍有必须做的事。我必须专心挑选照片。

然而，看过再多的照片，我也没能完成这个任务。和她在一起堆积如山的回忆之中，竟然找不到合适的照片。

看向窗外，太阳已经开始西下。

夕阳把我和她一同走过的道路染得通红。

被冲动驱使，我冲出了家门。手里拿着相机，跑过被夕阳烧红的街道。

我还有必须做的事。

在至今为止的人生中，这是我第一次不顾困扰他人，主动出击。

到达医院，我可以说是"斗志昂扬"，气势汹汹地走进内部。在服务台问到绫部香织的病房，便朝着她的方向走去。

本应在无菌室的她被送回了原来的病房，大概是因为，已经没有待在无菌室的必要了。

我走到这里停下脚步，才意识到自己已经气喘吁吁，于是我开始深呼吸，调整紊乱的气息。

在那里，她背对着我的方向坐在床上，透过大开的窗外眺望着晚霞。

她没有回头，只开口说了一句。

"啊哈哈，你还是来了啊。"

病房里都被染上了晚霞的褐色，把她小小的背影映照得十分脆弱。

她动作迟缓地回头看我，露出了一个无力的微笑。

她身上穿的不是病号服，是某一天和我一起买的衣服，坐在病房里有种格格不入的感觉。

"风真舒服啊！"

"嗯，是啊。"

风随着夕阳吹进室内，轻抚着脸颊。

太过温柔的时光，太过悲伤的现实，都在这里共存。然而她却笑着，一如既往。

"我想你一定会来见我。"

"嗯。"

"是来拍照的吧？"

"是的。"

"呵呵，我就知道是这样，才换了衣服还化了妆。"

“准备得很齐全呢。”

我想，这一刻我该说出口了，该把自己能做的最后一件事告诉她了。

“我想拍摄你的遗照。”

她什么都没说，静静地微笑着。

她的眼眸里，已经没了对死亡的恐惧。

好像在说，“你能亲手留下我的身影，我没什么好怕的了”。

然后，我们都陷入沉默。

我十分不舍。我想，时间如果能永远停在此刻就好了。然而，不管按下多少次快门，时间都不会停止。如果说出我的内心所想，你一定会笑出来吧。我现在，就想看到你的笑容。

我拿起相机。

“那个啊。”

和那时一样，她说。和第一次把我叫到学校天台上一样，在那个夕阳西下、织女星笑着的天空之下。

“嗯。”

“拍我。”

“嗯，我就是为此而来的。”

“我希望你能为我拍照。”

她已经连站起来的力气都没有了，只是坐着，有意识地看向我的目光。

构成她的元素，透过取景器传递给了我。

为拍照而换上的衣服里伸出的白皙四肢上，布满了瘀青。发丝飘动的轨迹也比以前僵硬，看得出是假发。

我不禁感受到现实正要杀掉她的事实。即便如此，仿佛要在这样的现实中增添些许温柔一样，夕阳将她的现实变得暧昧模糊。

这是真正的，为她拍照的最后机会了。

按下快门之时，就是和她告别的瞬间。

我理解了这一现实，指尖变得无比沉重。

她人生中最耀眼的瞬间，我必须拍下来。

为了如她所愿，向看到照片的每一个人，传递出她耀眼的光芒。

正因为是她，因为这个名为绫部香织的满面笑容的女孩子，才想在最后以留下她的笑容结尾。

该怎么说才好，该说什么才会让她笑。留给我思考的时间只有一瞬，我立刻想到了那句话。

我确信她会为此而笑，于是开口。

"——"

看吧，果然如此。

听我说完，她瞬间睁大眼睛，毫不掩饰惊讶的表情，随后缓和下来，最后展现出一个温柔的含泪微笑。

我也一同笑了起来。我一定没有哭。

我不能错过此刻看上去如此幸福的她，于是慌忙举起相机。我的手止不住颤抖，没有清楚对焦，不过这没关系。

——快门声回响在病房之中。

在那之后，直到探望时间结束，我和她一直在笑着。

尽管没有明确的表白，没有肌肤相亲的行为，但空间里处处充满浪漫气息。

我很幸福，她一定也很幸福。

——八小时后，她离开了人世。

第
八
章

窗户紧闭着，窗帘也紧闭着。

世界上谁都观测不到我的存在，这样说也许言过其实，但我距离上次和人见面已经过去一周了。与此同时，距离她去世那天，也过了一周了。

听到她去世的消息，我像躲在壳里一样，把自己关在了自己的房间里，每天只是掰着指头虚度光阴，过着没有意义的日子。

因为如果不这样，就无法遵守与去世的她定下的约定。所以，旁人的安慰、关心和同情，我全都拒绝了。能责骂这样的我的人，已经不在了。

我没去参加她的葬礼，她一定会生我的气。然而，我却已经没了去参加葬礼的力气。我还没有完全接受她去世的事实。

尽管如此，在她去世一周后的今晚，我走出去了。我拉开窗帘，踏出窗外。我的房间位于二楼，有一个小阳台，我时隔很久再次从这里出去外面看看。

——从现在开始一个月后，听说会有非当季的流星群。我们一起去看吧。

她曾经这样说过，而今夜似乎就要降下流星雨。

这一天，人们仰望天空，向无数星星祈愿。我也模仿着他们的样子抬起头。在城市里能看到的星星，最多不过是星光最强的一等星。

"天津四、牛郎星、织女星……"

我望向她生前教过我的那些星座。夏天结束时所看到的大三角，肉眼可见地明亮。

她一直说"想成为星星"。同时，她又放出豪言壮语，说"我就是织女星"。

那是在夏季大三角中担起一角重任的一等星，是七夕传说中对应织女的星星。她大放厥词，说自己是这样的星星。如今我对此已经没有异议，织女星的星语"平和稳重的乐天派"，说的就是她这个人。

所以我想，如果她能成为夜空中最闪耀的一等星就好了。

我正沉溺于思绪时，她那颗星星突然发出特别强烈的光芒。

她曾把星光的亮度和颜色比喻成星星的情感，借用她的话，现在织女星散发出来的光芒，看起来就像在笑一样。

十分平和，又十分愉快的笑容。

"成了一等星的你，在笑着吗？"

你成为星星了吗？

似乎是在回答我的问题，我的手机时隔一周后又振动起来。

我以为是晚下班母亲发来了信息，然而信息栏上面显示的，却是不可能出现在这里的人名。

绫部香织。

是羡慕着星星，而我也羡慕着的女孩子。

是已经不在人世，七天前去世的同班同学。

我甚至想过，难道她真的是在回应我的问题吗？

死者发来的信息里这样写着。

"明天傍晚，请来天台一趟。"

这个夜晚，最终还是什么愿望都没能对星星许下。

我应该确确实实听到了她去世的消息，也听说了我给她拍的照片用在了她的葬礼上。她父母的感谢，也通过我母亲转达给了我。

然而，我的手机里，真的收到了她发来的信息。

半信半疑着，我来到了信息里指定的地点。

那是禁止出入，而任性自我的她却常去的地方。只有天文部的她可以随意进出的学校天台。而如今，连她也不在了，天台上本应空无一人。

九月，新学期还没开始多久，傍晚的校园里十分空旷。

我连开学典礼都没参加，一直在"家里蹲"。前不久，刚和她擅闯过这里。

曾不知多少次被她带来天台，而现在天台大门背后会是什么样子，令我恐惧。本应去世了的她却给我发了信息，如果能明白其中真意，就能真正结束和她的关系了吧。

然而，我却更讨厌她有想告诉我的事情，而我却没发现。

去意已决，我把手放在门把手上，按下把手开门。

就像她还在那里等着那样，门没有锁，我轻松地打开了门。

门开的一瞬间，光芒强烈的夕阳充满视野，让我不由得眯起眼睛。我的眼睛稍稍适应光线后，便看到了一个伫立在天台里侧的人影。

在被染成橙色的世界里，一个人逆光伫立着，将人影投射在这个世界，让我想起了第一次被她叫来这里的时光。

我无意识地说出口。

"你……"

距离越来越近，眼前的人影越来越清晰。

那是一个身高比我略矮的女性剪影。我走到距她五步之遥的地方停下，眼前的人回过头来。

那是比她还要熟悉的，而且和她一样，对我来说非常重要的人。

"……妈妈？"

"对不起，辉彦。不过，这也是香织拜托我做的事。"

由于负责的病人去世，母亲获得了短暂的假期。她早上就出门了，原来是一直在这里等我吗？

"香织她……给我和她父母留下了两封信。在给我的那封信最后，她写着，请用这样的方式把辉彦叫过来……"

母亲面容憔悴，眼角泛红，拿着她留下的那封信的手止不住颤抖。

我知道在她去世后，母亲每晚都会压抑住声音哭泣。就像父亲去世那时那样，母亲一直在哭泣。

……唉，你的愿望最终还是没能实现。

这个世界消除了你的存在，但与你有关的人们，和你有关的回忆仍在他们内心某处继续活着。所以，你不希望他们为你悲伤，这个任性的要求可能无法实现了。

不过。

被你直接定下约定的我，绝对不能难过。为你的去世而悲伤的眼泪，我必须忍住，直到带到墓地里为止。

"……辉彦，这个……是香织她……留在我这里的，她说把这个给辉彦。"

母亲的声音一直在颤抖，让我感受到她在强忍眼泪，不让它流下来。

母亲转交给我的，是之前她一直在往上面贴各种照片的笔记本。封皮上写着一个简洁的标题：《回忆相册》。

看到我接过笔记，母亲把我拉进怀里。

我也环过手臂，轻抚着母亲颤抖的背。

"辉彦，辉彦……香织她，啊啊……我什么都做不到……我什么都……"

"……嗯。"

没有人有错，没有人做得不对。一直关照着她的人们怎么可能有错？

"为什么……香织会……香织她……啊啊……"

母亲已经彻底崩溃，泣不成声。我一直轻抚着母亲的背，直到她平静下来。这样的温暖是那个她教会我的，我也懂得如何把这份温暖传递给他人了。

我绝对不会哭。

"我心里乱糟糟的，对不起……"

母亲轻轻呜咽着，努力装作平静的样子。

"明明辉彦应该比我更难受的……"

"……什么？"

母亲的话让我恐惧。

因为如果我也为此难受，那么就代表我也接受了她去世的现实。

也就是说，我再也见不到她了。

我不想承认这一切。

"你一直一直在忍耐着吧。"

"……你说我在忍耐什么？"

母亲在说，我在忍耐什么。

我为什么要忍耐……

我咬紧牙关。不知道因为什么，但总觉得必须咬紧牙关。否则的话，就有什么要分崩离析了。

"……那个笔记本，她说是在手术后完成的。至于内容，她没给任何人看过。香织说实在太羞耻了所以不能给别人看，而且还是留给辉彦的东西，辉彦理应第一个看到。香织的父母也这么说过。"

"这样啊。"

"嗯。所以……"

"我知道了，会好好看的。"

"在无菌室里她说唯独这个必须做完，真的很拼命了。你一定要看啊。"

母亲留下这句话，慢慢离开了天台。

天台上只剩下我和她留下的那本笔记。

我翻开她生前小心翼翼抱着的这本笔记。

仿佛她在催促"快点看看"一样，我翻页的手不自觉地动了起来。

第一页写着她留给我的话。

天野辉彦同学：

要是用了"敬启"之类的敬语，你一定会开玩笑说这不像我，所以就不用敬语了！这不是书信，也不是遗言，我就按照我自己的想法，想到哪里就写到哪里了。

你还好吗？我走了之后，你应该还能平静对待吧。虽然我说过你不要为我悲伤，但实际上又会怎么样呢？

先不说这些，总之这本笔记就是为了送给你而做的。你注意到了吗？

自从和你说上话开始，过了还不到两个月的时间，或许说已经两个月了会更好吧。一起经历了很多事情，很充实。也许你会觉得很麻烦，但我一直都非常开心！

接下来，我要告诉你一件可能会吓到你的事。

你可能以为，我们第一次说上话，是在下雨的烟花大会那天，实际上我们很早就已经说过话了。之前一起吃汉堡肉的时候，你和我讲了你第一次拍人像的故事。其实那时在医院里哭着的女孩子，就是我。

那时我第一次去做检查，实在是特别害怕，哭得停不下来。不过，突然有个男孩子把相机镜头对准了我。

于是我就想，在镜头前必须保持笑容，就努力笑了出来。等我反应过来，检查也不那么让我害怕了。

我从那时起就很憧憬那位连名字都不知道的男孩子，没想到那就是你！我很惊讶。

听你讲起这件事，我特别开心，也许就是从那时起喜欢上了你。你再一次成为我的摄影师，这一定是命运的安排吧！

读完后，我没有停下，继续往后翻了一页。

下一页则是我也记得的，和她共同创造的满满当当的回忆。

"想和你去看星星"，这句话下面贴着以银河为背景的我俩双人合照。以此为开端，还有"想去你家""想和你在过山车上尖叫""想说一次'老板！老样子'""想去乌尤尼盐沼"等等，她至今为止的回忆照片，不知贴满了多少页。

翻过满满照片点缀的纸页，又看到了她留下的话。

不知为何，字里行间夹杂着敬语，很不像她。

升上高二后不久，我的身体越来越不好，必须进行骨髓移植了。

然而，由于没有匹配到合适的骨髓，最后医生对我说，可能时日无多了。

不过，正因我讨厌这样吧，我决定接下来什么都不想，随心所欲地过完剩下的时间！

天还冷的时候拽着朋友去海边，在外面溜达到很晚被警察教训，等等。我给别人添了不少麻烦，但也收获了很多快乐。

但这么做下来，我的任性，让我找到了你！

那个雨中烟花大会的日子。

那天我也十分任性，下着雨还把朋友强行拉了出来。

放烟花之前，朋友一直坐在观众席。不过我想更靠近一点看烟花，也不管外面在下雨就冲进了赛道里，几乎是下意识的。

然后，你就在那里。

你的视线，直直地看着我。

你那真挚的视线，在我看来尤其耀眼，比起烟花，其实你的样子更让我不由得去注意。

那时我就决定了，我要让你为我拍照，想让你留下我的样子。

也许这就是一见钟情吧！

然后又得知你是负责我的护士的孩子，我更惊讶了。

所以我觉得你身上应该也有智子女士那样活泼开朗的一面。但和你接触越多，越偏离我的想象。

你和智子女士几乎完全不像，尤其是性格上。那么开朗的母亲，为什么会生下这样的孩子呢？

你比我想象的还要阴沉、自卑、孤独。

比想象的还要沉闷，比想象的还要细心。

但你如我想象中一样温柔。

比想象中还要好相处。

比想象中还要帅气。

想着想着，就喜欢上你了。

回过神来，我的眼里只有你了。

我的视线，一直在追寻着你。

在我明白我爱上了你后，每天都闪闪发光。

怎么做才能让你露出笑容？

怎么样才能让你开心起来？

怎么样才能让你看看我呢？

只要我想着这些事，就不会那么在意病情了。

在爱情面前，生病不值一提。

天文馆，很漂亮吧？

但真正的星空，不知更漂亮多少倍。

还想和你一起去看冬天的星空。

两个人一起去的每个地方，我都玩得非常开心。

相拥的那一晚，也好浪漫。

我一直对你心动不已。

你呢？

如果你一点都没有心动，那我就没有作为女人的自信了。

我们拍了很多照片呢。

创造出了那么多的回忆。

幸好走之前能再见你一面。

之前也说过，也许正是为了遇见你，我才会生病。

真想成为你的恋人。

真想和你去做更多的事。

真想和你继续一起活下去。

但我就要死了。

所以，这是我最后的任性请求。

笑一笑。

你要多多地笑。

带着我那份一起，笑一笑。

试想一下，比起我本应继续活着的那些年份量的任性，是不是简单多了？

所以你要一直笑着。

因为我非常喜欢和你一起笑着的那些时光。正因如此，我才会好想活下去，所以你笑一笑吧。

负起责任，笑着活下去。

也许接下来的日子里，你可能会遇到厌烦人生的时候，可能会有轻生想死的念头。

那个时候就想想我吧。

曾经有过一个那么幸福、那么想继续活下去、那么喜欢你的女孩子。

只有在那种时候，你才可以想起我。

喜欢你。

好喜欢你。

爱你。

想念你的程度，已经无法用语言表达。

对不起，我一直在任性。

对不起，我太自私了。

对不起，我先走了一步。

对不起，有太多太多该说对不起的事。

不过，谢谢你。

一直看着我到最后，谢谢你。

能和你遇见，谢谢你。

真的真的，很谢谢你。

我很幸福。

——读完后，我被拉回了现实。

这里是和她一起来过的天台。

是已经没有她的世界。

好痛苦，好难受，好悲伤。

我从未想过，没有她的世界，会让我活得这样痛苦。

"……"

不行了。

我好像没法遵守和她的约定了。

不。

我已经没法守约了。

她如此思念我，带给了我无数种种，我却不能为她流泪。我做不到。

“……对不起……”

我呜咽着向她道歉，已然崩溃。

“啊啊……啊啊啊啊啊啊……”

一直堵在心里的泪水，如同随着万千感情冲泻而下一样，完全止不住。

“……你……还真是任性自我啊。”

一个人擅自离开，说完想说的就走了。

能责怪我哭泣的人，已经不在这世上了。

“我也对你……”

我拼命强忍着声音，仿佛不想让她听见一样，思念着她流泪。

这是我有生以来，哭得最惨的一次。

很庆幸我能遇见你。

很开心能被你搭话。

遇见你之后的所有回忆，都让我有了这种感觉。

和你在一起，我很幸福。

一定是我一生中笑得最多的时光。

因为有你在，我才能露出笑容。

要说感谢的应该是我。

谢谢你。

谢谢你。

谢谢你。

说多少次都不够。

我违约了，作为补偿，我必须完成她的任性遗愿。

我要笑，像她那样，开口大笑。

我能笑得出吗？

我努力拉起嘴角，扯出一个不太自然的笑容，仰望天空。

要做到像你那样笑，我还需要花费很长很长时间。

P.S.

你！对，就是破坏了和我的约定的你！

我都再三说过了不要为我哭泣，你却违约了，必须得接受惩罚！

作为惩罚，就拿出我的一张照片，送去参加摄影比赛吧！

然后，请让我登上杂志。

请你亲自告知这个我不在的世界，曾经有这么可爱的女孩子来过！

请你向全世界炫耀，曾经被这么可爱的女孩子喜欢过！

明白了吗? 明白了吧? 很好。

……最后。

能为我掉眼泪, 谢谢你。

尾声

冬天的山里尤其冷。

不管往身上穿了多少裹住皮肤的防寒衣物，刺骨的寒风还是让我步伐迟缓。

为了取暖，我稍稍加快了脚步，走向今晚住宿的地方。

"……久违了。"

她，绫部香织已经去世一年半了。

她去世后，我以往毫无波澜的人生中，接连发生了不少变幻无常的事情。

今天，周围的事情逐渐告一段落，我便来向她报告。我来到她生前说想去看的冬季星空之下，我想，在距离天空更近的地方，一定能把心声传递给她吧。

我放下大部分的行李，稍微让身体暖和一点，然后又出了门。

我来到之前和她一起观星的地点，铺好睡袋。一个人观察天象的确有些寂寞，但我不能说出口，因为我已经决定要笑着面对了。

她那本笔记我翻阅了无数次，让我流干眼泪也让我露出了笑容。我把它放在身边，钻进睡袋躺下。

"……"

冬天干燥的天气十分澄澈，比起夏天的星空，冬天的星空更加广阔，远处的星光也能看得一清二楚，就如她说的那样。

"这就是你说想来看的冬季星空了。"

冬天的夜空中，没有代表着她的一等星。不过，她一定也在看着。也许现在，她已经变成想成为的星星了。

"你走之后的一年半里，我把你教给我的一切都转化成了精神食粮。就像你说的那样，我决定笑着活下去了。虽然现在还不能完全做到像你那样，但我学着你的样子，除了阿垒之外，也交到了几个称得上朋友的人。这一切，都是因为你留下的任性，我才能做到。"

朝着星空，我讲述着这份充实。

你在听着吗？

"啊，对了。因为我破坏了和你的约定，所以我有好好接受你对我的惩罚。如你所愿，你的照片登上了杂志。而且，有摄影师注意到了我拍的照片，对你好像很有兴趣，我就笑着给他讲了你的故事。"

我把她临终前的那张照片，送去参加了摄影比赛。其实还有拍得更好的照片，还有很多把你拍得更漂亮的照片。不过，我还是选择了拍下你最后笑颜的那张照片。

因为我觉得，这是她表情最好的照片，这才是"最好的照片"。

"虽然我是笑着把你的事讲给他听的，但并不是嘲笑。因为我想告诉他，你是个非常乐观开朗的人。其实，我不管是想起你，还是和别人讲起你，都很开心。"

但我也花了一年半时间才做到这点，你一定会抱怨我太慢了吧。

"最后，我终于把想法转变过来，能笑着继续向前了。"

你的任性真麻烦。

就像在说，在我今后的人生里，要一直缠着我一样。

你说要带着你的份一起笑出来，那不就是在说，要我一直笑下去吗？因为你一直都在笑着。

不过，你的任性要求，我会奉陪到底。

只要我的心里还留有一丝你的痕迹，我就会带着你那份一起，笑到最后。

我想，那一定是献给你最好的供品了。

"要说的话都说完了，我要回去了。冬天的山里太冷了。"

我对着双手哈气。戴着手套的手还是冻僵了，现在就想赶紧去取暖。

"对了，还忘了一件事。你太坏了，看完你留下的笔记之后我才发现。你看。"

我举着人生中第一张人像照片，朝向夜空。

"就像你说的，不用仔细看就能发现，我第一次拍的人像模特就是你。你天真的笑容完全没变，我一看照片就知道了。"

一边哭鼻子，一边努力笑出来，的确很有你的风格。

不过，也有些地方变了。和登上杂志的那张照片相比，两张都是含泪的笑容，但给人的印象却完全不同。

你已经长大成人，变得更漂亮了。而且，你比以前更加闪闪发光了。

"还想再说一次，我能遇见你，真的太好了。"

说完，我站起身，叠好睡袋，抬头望向夜空。

"冬天的星空确实很漂亮，但我果然还是更喜欢和你一起看的夏季星空啊，毕竟因为有你在啊。"

下个七夕，我再来看你吧。

对于"天野辉彦"这个响亮的名字，我还是有些惶恐，但和你还在世时相比，我想我现在应该离这个名字更近了一点。

我不喜欢被别人喊自己的名字，所以一直用"你"来喊你，但现在至少能用姓氏称呼你了。

所以，现在就请你多担待吧。

"我还会来的，绫部同学。"

我和你的关系，现在又是个新的开始。

一年一度，我都会到这个离天空很近、充满回忆的地方来见你。就在七月七日，唯一一次能和你见面的这天。

我不知道接下来还能来这里多少次，但终有能叫出你名字的那天。就在我终于能配得上自己这个名字的时候，在我有资格能成为你的牛郎星的时候。

所以，希望你能耐心地等到那天。

后记

你好，我是冬野夜空。

首先，感谢各位入手《我永远无法忘记，灿烂一瞬间的你》这本书。

我一直认为，人在从生到死的过程中，会经历好几个阶段。从无法接受开始，到接受现实、自暴自弃，再变得更加严重、被虚无感所折磨，到最后终于接受一切。我二十多年的人生经验，让我得出了这个结论。

以此为前提，我认为香织是个看透生死的女孩子。接受自己即将死亡的现实，然后在剩余时间里摸索着何谓幸福，她甚至让我觉得，这似乎就是悟透生死的某种例子。

所谓幸福，就是在一成不变的日子里，以积极乐观的心态，捕捉其中的微小变化，不断积累起来终于体会到的滋味。我想香织就是这样，看透生死之后，每天随心所欲地收集那些幸福的点点滴滴。

然而，有时会出现一种感情，它会改变自己的行动和心情，甚至会进而改变整个自我，让看透生死的人产生活下去的渴望。我将这种感情称为"恋爱"。

恋爱是一种病。这种说法，也许并没有错。

接下来，请容我在此致谢。

感谢亲自指导还不成熟的我的饭冢责编，感谢一直修改本书直至更好的藤田助理编辑。感谢为本书制作了可爱动人插画的Hechima（丝瓜）。此外，包括更多无法一一列举姓名的各位在内，诚挚感谢所有参与本书制作出版的人士。

还有购买本书的各位读者，再次向各位表达谢意。

二〇二〇年一月 冬野夜空